デモクラシーという幻想

19世紀アメリカの民主主義と楽園の現実

OHATA, Kazuyoshi
大畠一芳［著］

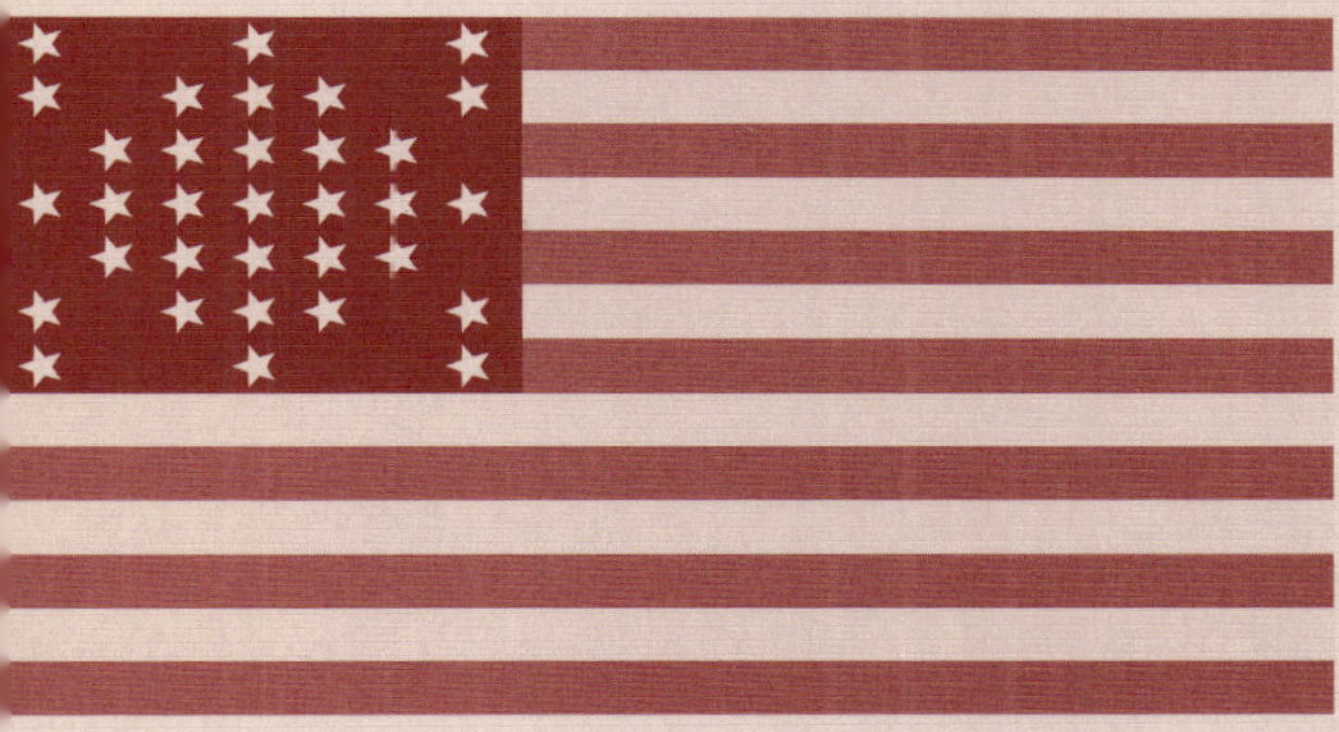

悠書館

デモクラシーという幻想——目次

第一章　アメリカン・デモクラシーと四人の作家

1．自由とデモクラシー

一九一七年四月二日、時の合衆国大統領ウッドロー・ウィルソンは、アメリカ合衆国両院合同会議において、ドイツに対する宣戦布告を議会に求める演説をおこなった。三十六分にわたるこの演説が終わると、会場割れんばかりの圧倒的な賞賛の声が上がったと伝えられている。また海外において『ロンドン・タイムズ』は「かつて歴史上、かくも理想的な理由ゆえに大国が戦争に突入したことはなかった」と評し、国を挙げてアメリカの参戦を歓迎したのである。『ロンドン・タイムズ』を驚かせた「かくも理想的な理由」とは、ウィルソンの演説の中でも特に次の部分を指していることは間違いない。

われわれは今や、この自由の天敵に対する戦の規範を受け入れようとしており、この敵の野心と力を抑え、それを無力化するために必要とあればわが国の力のすべてを費やすでありましょう。われわれは……世界の究極的な平和のために、ドイツ人民をも含む世界の人民の解放のために、大小の国々の権利のために、人々がいかなる場所でも自らの生活と服従の方法を選択しうる基本的権利のために、われわれは喜んで戦います。世界は民主主義のために安全にされなければなりません。（傍点筆者）

「かくも理想的な理由ゆえに」という件《くだり》は、何やら諧謔好きのイギリス人特有の皮肉に取れないこともないが、D・H・ロレンスの言葉ならいざ知らず、一国の権威ある新聞の真摯な驚きの表現として文字通り理解するなら、確かに「自由と民主主義」を守るためというきわめて観念的なアメリカの参戦理由がヨーロッパの国々を心底驚嘆させたことは想像に難くない。意外なことに、「民主主義」という理念が政府の公式声明において宣言されたのはウィルソンのこの演説が最初であったとも言われている。したがってこれ以降、「アメリカ」と「民主主義」は切っても切れない表裏一体の関係にあり、「民主主義国家アメリカ」、「自由の旗手アメリカ」というイメージは世界に喧伝され、現在にいたっているといえよう。

しかし「民主主義」と「自由」という概念はさまざまな意味合いを持つために、両者を即座に「アメリカ合衆国」と結びつけ、同一のものとして論じることはそれほど簡単な仕事ではない。合衆国憲法に民主主義なる文言は一言も見当たらないし、そもそも建国以来アメリカがウィルソンが自負するような理想の民主主義国家であったと断定できるのかどうかも、仔細に検討されなければならない問題であろう。

歴史家リチャード・ホフスタッターは『アメリカの政治的伝統』の中で、一七八七年の夏、フィラデルフィアに参集した憲法制定会議のメンバーが理想主義者とはほど遠い人物たちであったことを指摘し、「彼らは人間を信じなかったが、人間を統制する良き政治体制の力は信じていた」、したがって「一七七六年以来一般化していた開放的な人民の心にどのように轡《くつわ》をはめるかという志向が、新憲法のもっとも重要な目的であった」と記している。つまり「建国の父祖」として語り継がれている憲法制定会議のメンバーの多くは、理想主義者というよりも現実主義者であり、性善説よりも性悪説を信奉する合理主義者たちであったのだ。したがって彼らが描いていた共和制とは、人間の利己的な性格は変えることのできないものであることを前提として、その性格を政治体制によってどのように抑えることが可能であるかという、きわめて現実的な問題であったと言えよう。

たとえばヴァージニア州の代表として出席していた州知事エドモンド・ランドルフは、前年にマサチューセッツで起こったシェイズの反乱に触れ、この国のこうむった災難は「民主制の凶暴性と愚行」のためであり、「多くの危険は、われわれ諸州の民主的な階層から生じている」ことを指摘し、一般大衆が大きな脅威になりうるとの警告を発している。さらに初代ワシントン大統領の下で副大統領を務めることになるエルブリッジ・ゲリーは「民主制はすべての政治的悪の中で最悪のもの」とまで言い切っている。同じく財務長官を務め、建国まもないアメリカの財政基盤の確立に多大の貢献をしたアレキザンダー・ハミルトンでさえ、「凶暴で浮動的な大衆が、正しく判断を下し決定することはめったにない」と語り、露骨に民衆への不信感を吐露している。無産者階級の知性と行動を眺めるならば、善良なる大衆による理想の政府という民主主義は、かれらにとって単なる夢物語としか映らなかったことは明らかであろう。蛇足ながら、「権利の章典」と呼ばれる憲法修正十箇条の成立に多大の貢献をし、後に「アメリカ民主主義の父」と呼ばれることになるトーマス・ジェファーソンはフランス公使の職にあったため、この会議には出席していなかった。

憲法制定会議のメンバーの心を捉えて離さなかったものは、人間に対する鋭い観察にもとづく人間不信の念であった。このような人間理解がニューイングランド地方に特有のピューリタンの教義、すなわち人間性悪説から、そしていわゆる当時の啓蒙主義の合理主義から派生したものであるかどうか簡単に断定できないが、確かに彼らの人間性に対する洞察には瞠目すべき点が多々ある。したがってホフスタッターが、「建国の父祖たちがとうてい不可能であると信じたがゆえに、人間性を変えて理想的な体系に適合させようとすることだけは決してやろうとしなかった」と指摘する時、首肯せざるをえないのである。人間性を変えることが、利己的な欲望を人間から消し去ることと同様に至難の業であるなら、結局それをうまく飼いならすしかない、というのが彼らの一致した考えであったように思われる。後に「合衆国憲法の父」と呼ばれることになるジェイムズ・マディソンは「人間が天使のごときものならば、政府が存在する必要はないはずである」と記し、人間性に対してきわめて怜悧な判断を下している。

したがって自由に対する見解もわれわれが現在思い描くような、「何にも拘束されない自由」、「放縦さとさして変わらない自由」、誇張していうなら「完全な自由」の概念とはかなり異なっていたように思える。そもそも自由と民主主義が現在のようにほぼ同意語として扱われること自体不可思議な現象であって、元来これら二つの概念は簡単に結びつくものではなかったことはつとに指摘されてきた。阿部斉は『デモクラシーの論理』の中で、自由の概念はデモクラシーより古くから存在する理念であり、それは複数の人間の間の異質性において成立するものであること、一方デモクラシーは社会の異質性よりも同質性を前提とする傾向を持つこと、したがって自由とデモクラシーは相互に矛盾こそすれ、決して必然的に結びつくものではないことを明快に論じている。少々長いが引用してみよう。

自由は明らかに人と人との間で意味を持つ問題である。「山林に自由存す」と感じた詩人はいるかもしれない。しかし山林の中に独りだけでいる時には、今われわれが問題にしているような意味での自由はそもそも問題とならないであろう。そのときには、われわれの自由な選択に異議を唱える他人も存在しないからである。また、ストア学派以降、折にふれて説かれてきた内面の自由もまたここでいう自由とは無関係である。たしかに、奴隷でさえも内面における思考や想像に関しては自由であろう。しかし、その思念を行動に移さないかぎり、他人の意思と衝突する危険性はない。宗教的対立の時代には重要な争点であった信仰の自由も、信仰が何らかの外面的な結果を伴わない、純粋に内面的な事柄であるとすれば、如何なる意味でも対立の争点にはなりえなかったであろう。信仰が集会や説教などの行動を伴ったからこそ、信仰の自由が問題になりえたのである。（中略）価値としての自由の背後には、人間相互の異質性が何よりも前提となっているはずである。同質性が共通の追及の対象となれば、もはやその時には、自由は存在しなくなっているというべきであろう。

デモクラシーは社会の異質性よりもむしろ同質性を前提とする傾向を持つ。ドイツの法学者カール・シュミットは、「あらゆる実質的なデモクラシーは等しいものが等しく扱われるだけでなく、その不可避的な帰結として、等しからざるものは等しく扱われぬ、ということにもとづいている」と述べ、さらに続けて「それゆえ、デモクラシーにとっては、必然的に、まずもって同質性が必要であり、次いで、その必要があれば、異質なるものの排除あるいは殲滅が必要である」としている。

自由は不自由の上に成立する概念であり、不自由であるからこそ人は自由を希求するのだと言える。一方デモクラシーは、異質性を排除し、同質性にもとづく多数派の支配を前提とするのであるから、極端な場合、全体主義に陥りやすい傾向を内在しているのである。全体主義は本質的に排他性の上に成立しているのであるからして、多数派と意見を異にする少数派にとって、そこに自由が存在する余地は残されていない。デモクラシーは全体主義と表裏一体の関係にあり、一歩手順を間違えれば容易に自由の脅威になりうることは歴史の語るところでもある。

一八三一年にアメリカを訪れたフランスの政治家アレクシス・ド・トクヴィルが『アメリカのデモクラシー』において、「民主的政治の本質は多数者の絶対的な権力にある。この国では多数者は誠に大きな権威を持つ。その行く手を阻みえるものは何もなく、多数者によって圧しつぶされる人々の不平不満に耳を傾けさせることもできない」と語るとき、民主主義が本質的に抱える危険性を指摘していたのであり、まさしく慧眼といえる。また、ルイス・ハーツが『アメリカ自由主義の伝統』において「ロックに先行するフィルマーがそこに見出されないとき、われわれはフィルマー不在の事実が持つ意義をどのように析出したらよいか迷わざるをえないからである。……皮肉なことに、自由主義は、それがもっともよく実現され充足された地において知られざるものなのである。自由主義は、西洋のどこにおいても個人の輝かしい象徴であった教義である。けれどもアメリカにおいてはそれが持つ強制力はあまりに強く、自由それ自体にとって脅威となるほどであった」と語るとき、ハーツの指摘はトクヴィルのそれと見事に重なるのである。

「自由主義が自由それ自体にとって脅威となる」というアメリカ的特質を指摘したこのような見解をあげようとすれば、枚挙にいとまがなくなるほどである。たとえば、D・H・ロレンスが『アメリカ古典文学研究』において「土地の精神」と題する一章を割き、「これぞ自由民の国。もし私が気に障ることを口にしたら、自由民が暴徒と化して私にリンチを加えるだろう。それが私の自由なのだ。……個人が仲間の同胞をこんなに恐れている国に来たのは初めてだ。なぜならわたしに言わせれば、同類でないことが分かったとたんに、思う存分リンチを加えるお国柄だ」とアメリカを揶揄したのも、アメリカの民主主義に内在する危険性、すなわち異質なものをできうるかぎり排除しようとする危険性を直感的に感知していたからにほかならない。

憲法制定会議のメンバーは以上のような自由と民主制の根源に内在する問題を熟知していた。したがってその防波堤を築くためにフィラデルフィアに参集したといっても過言ではない。ホフスタッターはかれらの意味する自由がきわめて限定された自由であり、「外国政府による経済的差別待遇からの自由、債権者階級ないし財産への攻撃からの自由、そして大衆暴動からの自由」といった消極的なものであったと主張している。憲法制定会議出席者のほとんどは地主階級、裕福な商人層、弁護士たちであったがゆえに、自由の中でも特に財産を保護・処分する自由を最高のものと見なしていたことは容易に想像できる。したがって大衆による無制限の支配を意味する民主制は、財産をでたらめに配分する結果を招き、それこそ自由の本質そのものを破壊することになると彼らは考えたのである。

さてアメリカ合衆国憲法草案を練った建国の父祖たちを一方の視座に据えてウィルソンの演説を眺めたなら、ウィルソンの宣言に見られる「自由と民主制」の問題はどのように映ったであろうか。ウィルソンは自由と民主主義をほぼ同義に扱っているのであるから、自由と民主主義に対する両者の考え方に大きな乖離が存在することは明らかである。とするなら、一七八七年の夏にフィラデルフィアに集まった憲法制定会議のメンバーの理念と、一九一七年四月二日の両院合同会議でのウィルソンの演説の間に存在する距離はどのように理解したらよいのであろうか。十八世紀末から二十世紀初頭にかけて、アメリカに何が起こったのであろうか。アメリカ社会の本質を理解するには、自由と民主主義という、理念上矛盾する概念、すなわち本来なら当然相容れない二つの概念の両立を可能ならしめた十九世紀アメリカ社会の状況を理解することを抜きにしては考えられないのである。

前置きがやや長くなったが、この論考はアメリカ民主主義の理念の変遷を逐一たどることが目的ではない。十九世紀のアメリカの作家たち、とくに民主主義の在り方に関して問題を提起しているJ・F・クーパー、ウォルト・ホイットマン、ヘンリー・アダムズ、そしてヘンリー・ジェイムズたちが、アメリカの民主主義をどのように捉えていたかを検証することである。というのもかれらは拡大してゆくアメリカの民主主義に一抹の不安を覚え、同時に民主主義がもたらす社会の風潮に対してある喪失感を感じているからである。むろんその喪失感は全員が共有した同一の感覚であるというつもりはない。かれらの著作は、その時代その時代のアメリカの民主主義が抱える問題、それが社会に及ぼす変化、そしてその変化に対するかれらの喪失感を象徴的に示しているのである。

2. J・F・クーパーと『アメリカの民主主義者』（*The American Democrat*）

クーパーが『アメリカの民主主義者』を一八三八年に出版した背景には、差し迫った、やむにやまれない事情があったというのが定説になっている。それはニューヨーク州クーパーズタウン（ちなみに現在この町は「野球の殿堂（Baseball Hall of Fame）」の町として全国に知られている。）の由緒ある旧家であるクーパー家が所有する土地に絡む問題であった。クーパーズタウンという名称から分かるように、この村はクーパーの父親ウィリアム・クーパーが獲得して開拓した広大な土地であった。大地主として君臨した父ウィリアムが政敵の凶刃に倒れ、その家を継いだジェイムズは、一八二六年から七年間をヨーロッパで過ごした後、一八三三年に帰国したのである。いうならば所有地の管理をおろそかにしていた不在地主であったわけで、この間に起きた二つの出来事がクーパーに『アメリカの民主主義者』を書かせた直接の原因になったと考えられる。

一つは政治的な変化で、男子普通選挙法の拡大にともない大衆が政治の表舞台に登場してきたことである。クーパーがアメリカを離れていた七年間にアメリカの政治的環境は劇的に変化していた。十九世紀初頭、各州において選挙資格から財産条項が削除され、普通選挙が実施された。独立当初の十三州の中でメリーランド州とニュージャージー州の二つの州はとくに早くから普通選挙法を実施していた。独立時の十三州の中でもっとも保守的であったと言われるニューヨーク州でさえも、一八二一年に州憲法を改正して選挙権の資格であった財産条項を撤廃し、男子普通選挙を実施していた。納税規定は残っていたが、それも一八二六年には廃止された。とりわけ新しく連邦に編入された中西部の州においてこの傾向は著しく、一八〇三年に州に昇格したオハイオ州にはまだ納税規定は残っていたが、イリノイ、インディアナ州では州編入当初から白人成人男子にまったく何の選挙資格制限もなかった。

一八二八年の大統領選挙を勝ち抜き、第七代大統領に就任したアンドルー・ジャクソンはアパラチア山脈以西から当選した最初の大統領であるが、いわゆるジャクソニアン・デモクラシー誕生の背景にはこのような選挙権の拡大があったのである。初代のワシントンから第六代ジョン・Q・アダムズまで、それまでの大統領のいずれもがマサチューセッツ州かヴァージニア州の出身であったことを考えると、ジャクソンのアメリカ政治への登場が、十九世紀前半のアメリカを象徴する、いかに衝撃的な出来事であったかは容易に想像できる。

このような選挙権の拡大という政治的な変化が、憲法制定会議から五十年足らずのうちに、建国の父祖たちが恐れていた事態を引き起こすことになった。それが二つ目の理由となる、クーパー家の土地をめぐる争議である。この争議は、クーパー家の所有地スリー・マイル・ポイントがオツイーゴ湖という風光明媚な湖の湖畔にあったため一般民衆のピクニックの格好の場所となり、所有者のクーパーが知らない間に村の共有財産と見なされていたことに端を発する。所有者の知らない間に所有地が村の共有地になっていたということ、そしてそのことに異議を申し立てること自体が貴族的で非民主的であるとする民衆の反論、そして民主的という名を借りた大衆のきわめて利己的な心性に対してクーパーは憤りを抑えることができなかった。ことの重要性に気づいたクーパーは、早速この土地への立ち入り禁止を地方紙に掲載したが、そのことが逆に近隣の地方新聞の非難攻撃をひき起こし、さらに事態をいっそう紛糾させてしまったのである。

クーパーに『アメリカの民主主義者』を書かせることになったこれら二つの理由は、アメリカの民主主義を考える上で重要な意味を持っている。というのも、当時アメリカ社会に浸透しつつあった大きな変化、すなわち大衆の政治参加という民主化の潮流が、本来の流れから逸脱して濁流と化す兆候をそこに読み取ることができるからである。クーパーがこの濁流を本来の流れに戻す必要が、あると考えたのも無理からぬことである。裏返していうなら、本来なら許されるはずのない出来事が、民主主義という名のもとにまかり通ってしまう事態が頻発しつつあったということである。ジャクソニアン・デモクラシーとして一般大衆に持ち上げられたこの時代は、東部の富裕な商人や地主階級にとってはジャクソン革命と呼ぶことさえ可能な急激な変化の時代であり、かれらに多大な衝撃を与えた混乱の時代でもあった。

元来、クーパーは「国民の人格が押しなべて向上し、崇高な次元まで達しうる者の数は少ないかもしれないが、反面、低劣な次元へと落ち込む者の数もまた少ない」として、アメリカの民主的政治形態をヨーロッパのそれと比較して非常に高く評価していた。しかし一八三七年のスリー・マイル・ポイントをめぐる争議以後、アメリカは何かが変わってしまった、変わったというよりは狂ってしまったと言った方がクーパーの心情を代弁することになるかもしれないが、そのことを現実に認めざるをえなかった点にクーパーの悲劇がある。クーパーがレザー・ストッキング物語五部作において描き続けた、理想のアメリカ人ナッティ・バンポーの体現するアメリカ的価値観、すなわち無垢なるアダムとしてのアメリカ人像は足元から崩されていったともいえるのである。いやむしろ、理想が現実世界において崩されつつあったがゆえに、クーパーはアメリカの理想を物語の中で繰り返し書き続けなければならなかったのである。

革命による社会変革もなく、南北戦争のような戦時の混乱状態がなかったにもかかわらず、所有地の一部が持ち主のあずかり知らないところで共有地へと姿を変えてしまう事態を体験したクーパーは、おそらく民主主義という制度の負の側面を身をもって感じたに違いない。建国の父祖たちが危惧した事態が、わずか五十年足らずでもう現実の問題として浮上してきたのである。選ばれた者が政治を行う名望家時代から庶民の時代へと大きくうねって変貌する時代の過渡期にあって、クーパーはあえて流れに抗して頑迷にアメリカの建国の理念、そして民主主義の理想を説き続けざるをえなかったのである。

3. ウォルト・ホイットマンと『民主主義の展望』(*Democratic Vistas*)

ホイットマンは、明らかにクーパーが絶望した地点、つまり民主主義が拡大したいわゆる庶民の時代から出発している。一八一九年、ニューヨーク州ロングアイランドの寒村ウェスト・ヒルズの貧しい大工の家に生まれたホイットマンは、十一歳で実社会に出て働き、十六歳の時には一人前の印刷工になっていたといわれている。何やらベンジャミン・フランクリンを思わせるような経歴であるが、当時は正規の教育を受ける機会がなかった若者が印刷工見習いとして教育を身につけることはよくあることであった。印刷工の経験を梃《てこ》にして、やがてニューヨークにおいて政党の新聞の編集にかかわるようになる。折しも時代はジャクソニアン・デモクラシーの時代であり、ホイットマンのような労働者階級におあつらえむきの風が吹いていた。大地主や商人階級といった従来の支配者層に対して、農民や労働者といった大衆を中心とした新興勢力がデモクラシーの旗の下に集い、政治の中心に躍り出た時代でもあった。

ホイットマンはジャクソンが創始した民主党の党員となり、積極的にデモクラシーの理想を実現すべく奔走し始めたのである。ニューヨークの民主党のマシーン（集票機関）として知られるタマニー・ホールを中心に政治活動にかかわり、徐々にホイットマンは政治の世界に深入りしていった。ホイットマンの経歴を見ればクーパーとの違いは歴然としている。ホイットマンは、詩人である以前に民主党の政治活動家であったのである。同時に庶民を中心とした民主政治の実現の可能性を素朴に信じることができた点において、ホイットマンはまさにジャクソニアン・デモクラシーの申し子でもあった。

では民主主義をたたえる国民的詩人としての名声を確立したホイットマンは、なぜ『民主主義の展望』（*Democratic Vistas*）を書かざるをえなかったのであろうか。というのも一八七一年に出版されたこの評論は、一読すれば明らかなように、民主主義礼賛の書ではない。むしろ民主政治の混乱状態に手厳しい批判の矛先を向けているのである。民主主義のあるべき姿を見失ったアメリカの大衆を叱咤し、覚醒させるといった調子で書かれている。とするなら、ジャクソンが大統領に就任した一八二九年から、この評論が出版された一八七一年のおよそ四十年の間にホイットマンを慨嘆させるような何かがアメリカの民主主義に起こったとしか考えられない。ホイットマンは、冒頭この評論を著した理由を次のように語り始める。

わたしは合衆国における普通選挙に伴う恐るべき危険を言葉巧みにごまかすつもりはない。実際、まさにこういう危険を認めてその危険に立ち向かうためにわたしは書いているのである。民主主義への確信や憧れと、一方では民衆の粗野、悪徳、気まぐれとの間に一進一退する争いで荒れ狂っている、まさにそういう考え方に取りつかれている彼、あるいは彼女を相手にして、わたしは主にこの評論を書いているのだ。（傍点筆者）

意外なことに、ホイットマンはアメリカの普通選挙が拡大されたことを素朴に喜んでいるわけではない。むしろそれに伴う危険性を率直に認めているのである。それというのも、民主主義の卓越性を確信している一方で、民衆の抱える問題点をしっかり把握しているからに他ならない。民主主義の問題点という一点に関するかぎり、クーパーとホイットマンの間に大きな違いは認められない。両者の違いが生じるのは民主主義の問題に対する対応の仕方、すなわち解決策を求める方向性である。

ホイットマンとクーパーでは明らかに逆方向に問題の解決策を求めようとしている。いうならばクーパーは時計の針を逆回転させ、民主主義の理想をアメリカの過去に求めようとした。一方ホイットマンは、アメリカの民主主義がまだ未成熟の状態、いわば乳飲み子のままであるとの前提に立ち、この乳飲み子を教化育成することによって問題が解決できると信じていた。

ホイットマンは、民主制という外枠は確かにでき上がったが、肝心なのはその枠組みを埋める中味であるとする。すなわち大衆に問題があるかぎり、その制度が実を結ぶことはありえないと主張しているのである。喩えていうなら、アメリカの民主制度は、「仏像つくって魂入れず」の状態であり、肝心の核となる民主主義の精神が欠落しているために、アメリカの民主主義は道義性を失い、堕落への道を辿らざるをえなかった、とホイットマンには映ったのである。ホイットマンにとって民主主義は単に政治制度の問題ではなく、道徳的かつ形而上的な問題であったといえよう。

では大衆の何が問題であるかというと、ホイットマンはそれは大衆の人間性であるとする。つまるところ大衆は「粗野、悪徳、気まぐれ」であり、放っておけば私利私欲に走り、道義性や理想なるものを容易に捨て去ってしまう。その結果がアメリカ社会に蔓延している「腐敗、賄賂、虚偽、誤った行政」であり、「われわれが示す最上の階級は、流行の服装をした山師や成り上がり者の群衆にすぎない」と激しく糾弾する。特にニューヨークの状況は最悪で猥雑そのもの、「店でも、街路でも、教会でも、劇場でも、酒場でも、役所でも、いたる所に、軽佻浮薄で、おまけに俗悪、卑劣なずるさ、不誠実がはびこっている」と嘆く。このような状態をひき起こした原因は、新世界の民主主義がうわべだけのものにすぎなかったためであって、「真に偉大な宗教的、道徳的、文学的ないし審美的な成果ということになると、ほぼ完全な失敗に終わっている」と結論を下す。

民主主義社会のこのような状況に対して、ホイットマンは人間性を変えることから始めようとする。新世界のアダムを教育することによって、すなわち民主主義の魂を吹き込むことによって、うわべだけの通俗的な知性をしりぞけ、真の民主主義にふさわしい高貴な精神を養うことができると主張しているのである。さらに続けて、もはや教会や宗教がかつてのような権威を持つこともなく単なる慣習と堕し、明らかに機能しなくなったからには、この教育という大事な役割を担うのは、審美的な目的を達成するのにもっとも適した芸術であり、その中でも特に文学であり、文学の中でも中心となるのが詩歌であるとする。いくぶん、我田引水の嫌いがなくもないが、要するにホイットマンの主張の核心は、民主主義はすべてその担い手である大衆にかかっているのであり、現在の混乱状態は大衆の道徳的、審美的水準の低さから生じている。したがって大衆の道徳的、審美的水準を高めることによって民主主義の問題は克服できるとしていることである。

教育することによって人間性を変えることができると信じている点において、ホイットマンは明らかに建国の父祖やクーパーとは異なる地点から出発している。人間性を変えることができるというロマン的信条が、ホイットマンを一途に、やみくもに、ある一点に向かわせる。アメリカ人が規範を失い、民主主義にふさわしい人格を形成できないがゆえに問題が生ずるのであるから人格を涵養しなければならないとする。そのために宗教の領域まで高められた民主主義の理想を歌う詩人こそ、その役目を担うにふさわしい人物となる。民主主義を宗教の領域にまで歌い上げることに成功した時にこそ、民主主義は宗教にとって代わりうるのである。アメリカの民主的風景、「その富、領土、工場、人口等」あらゆる物質文明に生命の息吹を吹き込むものが「宗教的民主主義」であり、それが効力を発揮して初めてアメリカの民主主義は完成の域に達するとしているのである。

ホイットマンの論込は、クーパーほど論理的ではない。論理の飛躍と繰り返しが多く、感情に任せて一気にまくし立てているとの印象を与える。ホイットマンの主張する「宗教的民主主義」や「パーソナリズム」などの言葉もその意味するところを正確に理解することは容易ではない。しかし反面、それがホイットマンの迫力を生み出す源泉になっていることも否定できない。

『民主主義の展望』をあえて要約しようとすれば、主張の核心は、おそらく「宗教的民主主義」に収斂してくるように思える。ホイットマンにとって普通選挙法によって拡大した民主主義はおおよそ満足できるものではなかった。なぜなら現実に民主化した社会は、ホイットマンの描く理想の民主主義社会とはあまりにも落差があったからである。ホイットマンは理想と現実との乖離を埋めるため、民主主義の理念を宗教の領域にまで高めることでその溝を克服しようとした。つまり宗教の領域まで高めることによって、一般大衆を折伏、教化しようとしたのである。ホイットマンが主唱する「宗教的民主主義」によって人間性を善なる方向に導くことが可能であると信じたのである。いやむしろ、理想的な体系に合わせて人間性をその根底から変えることができると素朴に信じる以外に、アメリカの社会の変化に対してなす術がなかったといった方が的を射ているかもしれない。うがった見方をすれば、通常の手段では手の施しようがないため、「宗教的民主主義」という神がかった概念に頼らざるをえないほど、現実のアメリカ民主主義は堕落の極みに達していたと言えはしまいか。

ホイットマンが声高に理想の民主主義を唱えれば唱えるほど、そして現実から遊離して宗教的民主主義という神秘的な託宣に頼れば頼るほど、逆に理想とは程遠いアメリカ民主主義の現実が垣間見えてくるのである。ホイットマンは民主主義の預言者であり、狂気寸前、骨の髄まで民主主義の理想に殉じた殉教者でもあった。預言者は民主主義の理想の実現を未来に託すしかなかった。

4. ヘンリー・ジェイムズと『アメリカの風景』(*The American Scene*)

ホイットマンが民主主義の理想の実現を託したその未来は、では一体どのような姿を現したのであろうか。アメリカ社会は南北戦争を契機として、その後めざましい発展をとげる。北部の産業資本が南部の奴隷制を基盤とする農業経済を打ち破った結果、南部の干渉なしに高い関税を設定して、国内産業と市場を外国資本から保護することができたからである。端的に言うなら、南北戦争は関税をめぐる北部と南部の争いでもあった。したがって十九世紀後半のアメリカ社会の状況は、北部の産業資本を抜きにして語ることはできない。産業資本がその力を貯え、徐々に、しかし着実に猛威を振い始めるのは、まさにこの時代のことである。十九世紀末、北部の産業とニューヨークを中心とする金融投資家がやがて結託し、資本主義体制が確立する。開拓が進むアメリカ西部を中心に、大陸の隅ずみまで敷設された鉄道事業にかかわって巨万の富を築き、鉄道王と呼ばれたコーネリウス・ヴァンダービルトやジェイ・グールド、そして石油産業のロックフェラー、鉄鋼業のカーネギーなど、いずれもこの時代に登場する典型的な産業資本家の巨人である。

さてここで二人のヘンリーに登場していただこう。ヘンリー・ジェイムズとヘンリー・アダムズはまさにこのような時代を生きた、十九世紀後半のアメリカを代表する知性であった。ジェイムズは一八八三年以降およそ二十年間、母国アメリカの土を踏んでいなかったが、一九〇四年に帰国しアメリカ中を見聞して回る。その結果、「形式」と「意識」が分断された様をアメリカのいたるところに発見し、その印象を『アメリカの風景』として一九〇七年に出版している。この著作が単なる旅行記の枠を超え、前述したトクヴィルの『アメリカのデモクラシー』やロレンスの『アメリカ古典文学研究』に匹敵するすぐれた文化論になっていることは一読すれば明らかになるであろう。というのもジェイムズの意図が旅行記にありがちな印象の羅列にとどまることなく、表象の背後にある意味の解明にあったからである。

二十年ぶりに訪れたアメリカの風景を目の当たりにして、ジェイムズの鋭い観察眼は母国アメリカを容赦なく裁断している。たとえば、ジェイムズはニューヨークの別荘地を訪れ、成金たちの高価な屋敷を眺めて、「入口に門番の小屋一つないこれらの別荘が示しているのは、要するにその規模と、できるかぎり金のかかった建物だという事実を率直に告げる外観にすぎないのだ」と酷評する。富にまかせて作った建物に美しさも威厳もないとして、「これほど無邪気に自分たちの富を誇示し、しかもその他の何物も示さないことによって、かれらはいったい何を達成しようとしたのであろうか」と疑問を投げかける。

さらに続けて、本来ならこのような別荘が風俗や社会の景観を作り出す力を担っているのであるが、ここにおいては「空虚」、「まったく無能な空虚」しか存在しないと断罪する。アメリカの風景の中で周辺の景観とまったくかかわり合いのないかのごとく存在するこのような贅のかぎりを尽くした建物をとらえ、「外面的な空白はそのまま内面のありようを示しているのであろうか」と表象の意味するものを探ろうとする。

ジェイムズのこの「空虚」という感覚、「何かが欠けている」という認識は、『アメリカの風景』を貫く基調音となっているのであるが、「空虚」をアメリカを象徴する一つの特徴として捉え、更にその背後にあるものを求めて、それこそ一気呵成に問題の核心に迫る。二十年ぶりに帰国したアメリカの波止場での混乱と無秩序を目撃して、ジェイムズは次のような感想を抱く。

途方もなく前例のない音響を発している偉大な存在は、恐るべき民主主義の姿であって、その姿は、その後さまざまな機会に、その変化するかどばった影を観察者の視野いっぱいに投げかけるのだ。過去を一掃してしまったのは民主主義の巨大な箒であって、空虚の中で振り回されているように思えるのもまたその箒である。（第一章）

アメリカの風景に共通する「空虚」を生み出していたその張本人は、民主主義であった。直感的に表象の背後に到達するジェイムズの眼差しは冴えて鋭い。過去を断ち切り、ヨーロッパの文化遺産を否定することから出発したアメリカ民主主義は、結果として何も生み出さなかった、とジェイムズには思えたのであろう。

ジェイムズの探りあてた民主主義は、実際は何も生み出さないどころか、「空虚」というとんでもない代物《しろもの》を生み出していた、と考えた方が分かりやすい。悪いことに、この空虚な状態は定まった形式をもたないため、周囲の状況に応じて何にでも姿を変えることができる、途方もない、いわば何でも飲み込んでしまうブラックホールのような代物であった。

当然のことながら、ジェイムズはこのような民主主義社会の「空虚」な状態に、産業資本家たちの商業主義が持ち込まれた場合に引き起こされる醜悪さをもっとも嫌悪する。当時のテクノロジーの最新の成果である摩天楼が「利益に奉仕させられる科学」の生み出した成果であり、そのような成果は「商業的に利用される以外に何一つ神聖な用途を持つことはない」、したがってニューヨークの高層建築は「永遠の存在としての権威」を持つことは不可能であり、物語で言えば次の物語が始まるまではかない命しか持たない。つまり利益を生み出さないことが判明した時点で廃棄される運命が待っているだけであり、「摩天楼が建築技術における最高の言葉といえるのは、次の言葉が書かれるまでの束の間のことにすぎない。その言葉ですらおそらくいっそう醜悪な言葉であろう」と比喩をまじえて酷評する。

都市において過去の文化遺産である建築物が高層建築にとって代わられてしまう事態は、ニューヨークのみならず古都ボストンにおいても見られる傾向であり、ジェイムズはそこに時代の変化を感じると同時に、圧倒的に猛威を振るう商業主義に染まったアメリカ民主主義に怒りを隠そうとはしない。「アメリカで必要なものは、金銭的利益であり、諸条件を利用して存分に稼ぎまくり、物価も礼儀作法もその他の不便も比較的癒しやすいかすり傷程度のものと見なすこと、金で洗えば治る程度の苦痛と見なすこと」と語るにいたって、怒りを通り越して絶望にまで達する。建築物のみならず、アメリカのいたるところに拝金主義の波が押し寄せている様を目撃するのである。

ジェイムズが幼年期を過ごしたロードアイランド州ニューポートの懐かしい風景に接しながら、過去の思い出にふける間もなく、「多くは醜悪な、ますます金のかかるいろいろなものを詰め込み、つまり金貨をたっぷりとつかませようとしたわけで、うずたかく積み上げられた金貨は、今では自然や空間の規模に奇妙に釣り合わない莫大な量に達している」と切って返す。ニューポートの海岸に林立する巨大な白い館を白い象に喩えて、かつて海の妖精たちが牧童に歌い返した牧歌的な海辺を「単なる白い象の繁殖地にしてしまうというのは、そもそも何という思い付きであったろうか……馬鹿でかい空虚な姿をいつまでもさらしていることは愚かにも程がある」と激怒する。ここでジェイムズが「白い象」に喩えた建物は、おそらく前述した鉄道王ヴァンダービルトをはじめとする当時の新興成金たちが、金に任せ、競って建造した大邸宅を指していることは間違いない。

二十年ぶりに訪れた故郷の町ニューポートは想像を超えるほど変貌していた。懐かしさのあまりいくぶん感傷的になっているジェイムズではあるが、結局ニューヨークで目撃した光景は、アメリカ中を席巻している拝金主義の象徴であったのである。ジェイムズにとって華やかな豪邸も、商業主義に侵された民主主義の行き着いた無残な光景としか映らなかった。ジェイムズの嘆きは深く、悲しみさえ帯びている。

証拠はあまりにも多くの場合、何かが不足し、欠けているという証拠であり、わたしの注意と関心を惹くものは耐え難い空虚——耐え難い空虚そのものであった。直接明白な姿をとって現われている場合にも、他の現象の中に含まれている場合にも、民主主義の強烈さは常に際立っていた。

5．ヘンリー・アダムズと『デモクラシー』（*Democracy: An American Novel*）

資本主義体制が生み出した拝金主義と民主主義が結びついた時代に、身をもって政治の世界に関与したもう一人の十九世紀の知性、それがヘンリー・アダムズである。では、ジェイムズをして「耐え難い空虚」と言わせしめたアメリカの民主主義の問題を、アダムズはどのように捉えていたのであろうか。アーネスト・サムエルズの伝記『ヘンリー・アダムズ』は、アダムズの生涯が、ジェイムズが感覚的に漠然と把握していた時代の変化、すなわち民主主義と産業資本家が結びつく社会の変化を文字通り身をもって体験した生涯であったことを示している。

特にジェイムズとの決定的な違いは、アダムズがきわめて政治的な人間であったということであろう。むろんここでいう政治的とは利権を求めて走り回る、権謀術数にたけた政治家という意味ではない。アダムズは政治をアダムズ家の伝統として幼いころから意識し、長ずるに及んで自ら進んでホワイト・ハウスの真向かいに新居を構えて政治にかかわっている。そのかかわり方は並みの政治家の比ではない。したがってアダムズを理解する上でこの政治性を抜きにして語ることは、「木を見て森を見ず」の喩えにあるように片手落ちのそしりを免れないであろう。

ジェイムズはニューヨークにおいて、利益優先の物質文明が社会を支配し、民主主義が拝金主義に染まってゆく様をつぶさに目撃したのであるが、アダムズはそのような拝金主義を作り出している政治の世界、すなわち現実に政治と利権が衝突する修羅場において闘っていたのである。

ではアダムズの闘いの矛先はいったい何に向けられていたのであろうか。この間の事情を具体的に追体験させてくれるのが、首都ワシントンＤＣでのアダムズの体験をもとに書かれた小説『デモクラシー』である。この小説は一八八〇年に匿名で出版されたのであるが、名を伏せて出版された事情は、この本が民主主義国家を自認するアメリカ政界の汚職と腐敗を題材とした、いわゆる暴露本であったからである。ごく親しいアダムズの友人やほんの数人の出版関係者を除いて、これがアダムズによって書かれたものであることを知る人はほとんどいなかった。アダムズの死後二年経過した一九二〇年になって初めて、著者アダムズの名がホルト社のヘンリー・ホルトによって公表されるという経過をたどったのである。ホルトは「作品の人気を心配したというよりも、登場人物の何人かは友人でもあり、現存する著名な人物をモデルに描いており、しかも皮肉を込めて面白おかしく書いたためだ」とアダムズ自身が説明したうえで、原稿を渡されたと語っている。

さてこの作品であるが、ヒロインであるマデレーン・リーはニューヨーク州の裕福な、それなりの知性を備えた未亡人である。一八七九年十二月、自分自身の目で政治の現場を見て、自分の手で社会の巨大な機構に触れ、自分の頭でそれを動かしている力を探り出すためにワシントンにやってくる。つまり彼女は「あの素晴らしいアメリカの民主制度と政治の謎の核心」に到達することに関心があったのである。表面上はマデレーンの見聞を中心に、ヒロインの恋愛も絡めて、いくぶん風俗小説の調子を装いながら物語は展開する。

作者の諷刺はアメリカ大統領をはじめ、ワシントンに集まる政治家のみならず、社交界を構成しているヨーロッパの外交官にも向けられている。ワシントンの社交界の俗物性は、大統領夫人と侯爵夫人の確執、大統領夫妻の粗野な振る舞い等に象徴的に示されており、アダムズの冷ややかな非難の格好の餌食となっている。

実在のモデル探しということになると、作中の「オールド・グラニー」のニックネームで登場するアメリカ大統領は第十八代大統領のユリシーズ・グラントと第十九代大統領のヘイズを、大統領夫人はグラント大統領夫人を、また物語の中心人物であるサイラス・P・ラトクリフは当時の共和党の重鎮であったジェイムズ・G・ブレイン上院議員を戯画化したものであると指摘されている。この作品が出版されるとただちに、ジェイムズ・ブレインは自分がモデルにされていることに気づき、激怒したとも伝えられている。

表面上はこのような軽妙な諷刺喜劇を装っているが、批判の矛先は主に中西部出身の政治家と当時の政党政治に向けられていることは間違いない。大統領もラトクリフ上院議員も共に図体は大きく、押し出しは立派であるが、芸術上の問題となると関心を示さないどころか、まったく知性のかけらも見られない。つまりかれらの立派な体軀とは裏腹に、精神性は幼児なみであるとの隠喩であろう。大統領よりも隠然たる権力を持ち、背後で大統領を繰る上院議員ラトクリフはイリノイ州出身で、権力への野望を抱いているため、マデレーンの資産を目当てに彼女に接近し求婚する。しかしマデレーンはワシントンの政界の内幕を知るにつれ、民主主義の現実に目覚め、ラトクリフの求婚を拒否する。あまりにも低俗な状態に転落した民主主義の姿を目の当たりにし、悪夢のような感覚に襲われ、最後に「民主主義はわたしの神経をずたずたにした」との台詞を残し、ワシントンを後にしてエジプトへの旅に出る。

アダムズは、十九世紀後半のアメリカ民主主義の背後にあるものが何であるかは察知していたのであり、彼が政治家を目指して活動した人生は、その背後にあるものとの闘いでもあった。一八七〇年に論文「ニューヨークの金の陰謀」を『クォータリー・レヴュー』に発表したときから、アダムズの攻撃の矛先は鉄道王ジェイ・グールド、そしてニューヨークの相場師ジェイムズ・フィスクに向けられていたのである。この論文は、一八七〇年の突然の金市場の混乱が意図的に操作された結果であり、その背後にはグールドやフィスクなど一部の産業資本家といかがわしい相場師の影響があったこと、そして金市場へ介入するためにグラント大統領の義弟アベル・コービンに働きかけたことを察知したアダムズが、金価格の背景について論じたものである。かれらはニューヨークを中心とした新興の産業資本家であり、社会的、道義的責任など一顧だにすることなく、なりふり構わず利益追求に走る金の亡者にすぎないとアダムズには映ったのである。

さらに現実の政治の中心は、アパラチア山脈以西の中西部に移りつつあった。中西部出身の大統領がニューヨークを中心とする政党のマシーンやジェイ・グールドのような産業資本家と結託して大衆を操作するという、赤裸々な利益誘導の政治が行われていたのである。拝金主義がまかり通るアメリカ社会において、しかも知性も道徳心も欠如したと思える中西部出身の政治家たちが暗躍するワシントンにおいて、「建国の父祖」に名を連ねる第二代大統領ジョン・アダムズを曾祖父に、第六代大統領ジョン・Q・アダムズを祖父に、そして駐英大使のチャールズ・アダムズを父に持つヘンリー・アダムズが理解できるものは限られていた。

アダムズにとって大衆に迎合し、産業資本の繰り人形と化したワシントンの民主主義はとうてい理解できるものではなかった。世紀末のワシントンの政治の舞台は欲望と姦計がうごめく修羅場と化していたのであり、そこを支配するのは金権主義と低俗な民主主義であった。東部エリート階級を代表するボストンの良識派が活躍する場は、もはや政治の世界に残されていなかった。ほどなくしてアダムズはワシントンを去り、歴史家としてハーヴァード大学において研究生活に専念する。アダムズの学問の世界への回帰は、混沌として激しく流動する現実世界からエジプトという静謐な過去の世界へ旅立つヒロインのマデレーンを思わせる。

6. 民主主義とアメリカのアダム

ラルフ・ウォルド・エマソンは「素朴なアダム、全世界を向こうにまわして立つ、単純で純粋な自我を歓迎する」と記した。そしてホイットマンは「ぼくアダムの歌の歌い手、新しい楽園の西部を行きつつ」と歌い上げた。エマソンやホイットマンの言葉の示唆する射程は長く、功罪半ばする影響を後世に及ぼしてきたといえよう。実際、過去から解放された個人という理念が「無垢なるアダム」「新しいアダム」としてのアメリカ人というイメージを作り上げてきたことは多くの作家や論者によって繰り返し指摘されてきた。R・W・B・ルーイスは『アメリカのアダム』の中で「新しいアダム」の特質について次のように記している。

新しいアメリカの舞台に生まれるべき新しい習慣は、根本的に新しい人間のイメージ、新しい冒険を演ずるヒーローによって暗示された。つまり歴史から解放された個人であり、幸いにも祖先を失い、家柄や種族につきものの遺産には心を動かされず、また汚されてもいない。そしてこの個人は一人で立ち、自らに頼り、自らの力で前進し、彼独自の生得の力により、たとえ何が彼を待ち受けていようとも、これに立ち向かう用意があるのだ。聖書を愛読した世代において、この新しいヒーローが、堕落以前のアダムと同一視されたのはきわめて自然であった。アメリカ神話は新しい種類のヒーローを作り上げたが、それは人間の特質についての新しい理想を具体化してヒーローに仕立てたのであった。アダムは最初の人間であり、人間の原型であった。かれの道徳的主張は経験から出たものではなく、新しい人間であるために、完全に無垢であった。（「プロローグ——神話と対話」）

「アメリカのアダム」のイメージは、なるほど新世界のアメリカ人のアイデンティティを確立するには格好のイメージであった。しかしエマソンであれホイットマンであれ、かれらの唱えるところが、現実に進行していたアメリカの物質文明に対する警鐘でもあった点を抜きにしては考えられない。すなわち新世界アメリカが物質文明に侵され、拝金主義がまかり通る社会に変貌すればするほど、その反動としてアメリカのアダムを声高に叫ばざるをえなかったのであろう。「無垢なるアダム」と「堕落したアダム」は表裏一体の関係にあり、一般大衆が物質文明の弊害に染まり、道徳性、精神性を失えば失うほど（それが堕落であるとホイットマンに思えたことは間違いないのであるが）、かれらを覚醒させ、折伏教化するために、それと背中合わせのもう一つの「無垢なるアダム」を強調しなければならなかったのである。「無垢なるアダム」のイメージは大衆の教化育成に必要な理想にすぎなかった。現実のアメリカのアダムが、建国以来、現実世界においていまだかつて無垢であったためしはなかった。

アメリカの悲劇は、この新世界のアダム神話がやがて独り歩きを始め、実態と同一視されるようになった点にある。その結果、イメージと現実との落差があまりにも激しくなった時点で、現実に逆襲されるという事態、つまり現実が理想のイメージを崩してしまう事態が生じるのである。十九世紀末から二十世紀初頭にかけてのアメリカはまさに理想と現実とが交錯し、ひずみの激しさを露呈した時代であった。民主主義に対するクーパー、ホイットマン、ジェイムズ、そしてアダムズの見解をたどると、いずれの時代であれ、過去においてアメリカに理想の民主主義が存在したとは思えない。事実、その後のアメリカ社会の現実を眺めれば、新世界のアダムのイメージが単なる幻想、作り上げられた虚構にすぎないことは容易に理解できるのである。

現実のアメリカのアダムは、無垢でもなく、素朴でもなく、道徳的でもなく、堕落以前のアダムでもなかった。超越主義者エマソンたちが思い描くよりはるかにしたたかであった。旧大陸においてエデンの園を追放されたアダムは、大西洋を渡ることによって無垢なるアダムとして生まれ変わり、アメリカという新世界の楽園において再度知恵の果実を味わうことになった。その結果、アメリカのアダムは新しいエデンを追放されるどころか、十九世紀末にいたって、今や楽園を神の手から奪い、マモンの神に身をささげる不気味な姿に変身していたのである。

一九三〇年、スペインの哲学者オルテガ・イ・ガセットは『大衆の反逆』を著した。その中で次のような示唆に富む見解を披歴している。

今日の特徴は、凡俗な人間が、おのが凡俗であることを知りながら、凡俗であることの権利を敢然と主張し、いたるところでそれを貫徹しようとするところにある。つまり北米合衆国で言われているように、他人と違うということ即ふしだらであるという風潮である。大衆はいまや、一切の非凡なるもの、傑出せるもの、個性的なもの、特殊な才能を持った選ばれたものを席巻しつつある。すべての人と同じでない者、すべての人と同じ考え方をしない者は締め出される危険にさらされているのである。ところが、この「すべての人」が真に「すべての人」でないことは明らかである。かつては「すべての人」といった場合、大衆とその大衆から分離した少数の者からなる複合的統一体を指すのがふつうであった。しかし今日では、すべての人とは、ただ大衆を意味するにすぎないのである。（第一章「充満の事実」）

機会の平等のみならず、結果の平等までも要求してとどまることを知らない大衆のあくなき欲望に誰が轡《くつわ》をはめることができようか。一九一七年四月二日、「かくも理想的な理由」から第一次大戦に参戦したウィルソンの描いていた自由と民主主義がどのようなものであったか知るすべもない。しかしウィルソンからさらに一世紀が経過した二十一世紀のアメリカ民主主義の現状が、おそらく建国の父祖たちはいうにおよばず、ウィルソンの理解をもはるかに超えるものであることだけは確かである。建国の父祖たちが轡をはめようと腐心した民主主義は、今や欲望に駆り立てられた暴れ馬と化したのである。恐るべきは恐れを知らないアダムの末裔たちであり、それを育んできた新世界アメリカの民主主義であった。本来であれば、矛盾対立してしかるべき自由と民主主義が、何ら矛盾することなく結合して一体化するという意味において、十九世紀アメリカ社会はまさしく「アメリカ的な風景」であった。

引用文献

Adams, Henry. *Democracy: An American Novel.* New York: Harmony Books, 1981.

——. *The Education of Henry Adams.* Boston: Houghton Mifflin Company, 1973.

Cooper, J.F. *The American Democrat.* New York: Vintage Books, 1969.

Hofstadter, Richard. *The American Political Tradition and the Men Who Made It.* New York: Alfred A. Knopf, 1985.

James, Henry. *The American Scene.* New York: Charles Scribner's Son, 1945.

Lawrence, D.H. *Studies in Classic American Literature.* New York: Penguine Book Ltd. 1977.

Samuels, Ernest. *Henry Adams.* Cambridge/Mass: The Belknap Press of Harvard University Press, 1989.

Whitman, Walt. *Leaves of Grass and Other Writings.* New York: W.W.Norton & Company, 2002.

阿部 斉『デモクラシーの論理』中公新書、一九七二年

大下・有賀他編『資料が語るアメリカ』有斐閣、一九八九年

紀平栄作・亀井俊介『アメリカ合衆国の膨張』中央公論社、一九九八年

渡辺利雄他訳『世界の名著　33　フランクリン、ジェファーソン、マディソン、トクヴィル他』中央公論社、一九七〇年

オルテガ・イ・ガセット『大衆の反逆』神吉敬三訳　ちくま学芸文庫、一九九八年

ハーツ、ルイス『アメリカ自由主義の伝統』有賀貞訳　講談社学術文庫、一九九四年

ルーイス、R・W・B・『アメリカのアダム』斎藤光訳　研究社、一九七三年

第二章　偉大なるアナクロニスト——J・F・クーパーの矛盾と相克

1. D・H・ロレンスの『アメリカ古典文学研究』とJ・F・クーパー

一九二三年八月、D・H・ロレンスはニューヨークのトーマス・セルツァー社から評論『アメリカ古典文学研究』（*Studies in Classic American Literature*）を上梓した。この示唆に富む評論は十八世紀末から十九世紀前半に活躍した九人のアメリカの代表的な著作家とその作品に焦点を絞り、ロレンス特有の筆鋒鋭い分析を加えている。ここで扱われているアメリカ人は、ベンジャミン・フランクリンに始まり、クレヴクール、フェニモア・クーパー、エドガー・アラン・ポー、ナサニエル・ホーソーン、デイナ、ハーマン・メルヴィルと続き、そして最後にホイットマンで終わっている。

この評論の優れた点は、個々の作家についての単なる論評に留まらず、アメリカという国、そしてアメリカ人全体を見据えた文化論として読むことができるほど広い射程を備えていることであろう。それは全体を通してロレンスが繰り返し「アメリカ」と「アメリカ人」に言及していることからも容易に窺うことができる。しかし難点がないわけではない。ロレンスの文章には比喩的、暗示的な表現が多用され、かつ随所に論理の飛躍が見られるために、論理的というよりはむしろ詩的な印象を与える。その結果、作者の意図するところを読者が正確に把握するのは思うほど簡単な作業ではない。

『アメリカ古典文学研究』は第一章「土地に宿る精神」("The Spirit of Place")で始まっている。まずアメリカとは、そしてアメリカ人とは一体何であるのかについて皮肉を交えて議論を展開する。ロレンスは次のように語る、「われわれがこの研究で果たすべき仕事がわかった。アメリカの物語をアメリカの芸術家から救い出すことだ」と。「アメリカの物語をアメリカの芸術家から救い出す」というロレンスのこの言葉にはいかなる意味が込められているのであろうか。ニューイングランドを切り開いたピューリタンの自由の概念にひとくさり苦言を呈した後、とどのつまりアメリカの特徴は「デモクラシー」であるとして、次のように第一章「土地に宿る精神」を結んでいる。


アメリカ人の意識は、これまでは偽の夜明けだった。デモクラシーという消極的な理想だった。だがその下には、この公然たる理想に対立して、「そいつ」の最初の暗示と啓示が。「そいつ」、つまりアメリカ人の丸ごとの魂なのだ。

アメリカ人の言説からデモクラティックで観念的な衣装をはぎ取り、その中にある「そいつ」の色浅黒い肉体を、できる限り見るようにしなければならない。(第一章)

アメリカという歴史上特異な発展をした国の最大の特徴が「デモクラシー」であること、そしてその理念がいかに虚偽に満ちたものであるかということをロレンスは明敏にも見抜いていた。ここで語られている「そいつ」（"IT"）をロレンスは、「人間のもっとも深遠な丸ごとの自己、丸ごとのままの自己であって、生半可な観念論などではない」と規定している。ロレンスにとって、おそらくアメリカ人はデモクラシーという浅薄な観念（少なくともロレンスはそう考えていた）に絶大な忠誠を誓うあまり、人間の心の奥底に潜む「そいつ（"IT"）から目をそらしていると映ったに違いない。

ここでロレンスの語る「そいつ」という曖昧な表現は、「丸ごとの魂、丸ごとのままの自己」と示されているだけで、それ以上の言及はない。具体的に何を意味するのかそれ以上の説明がなされていないためさまざまな議論を呼ぶ表現であるが、おそらく理念の背後に奥深く潜む「情念」という概念で説明できるものであるのかもしれない。

結局、ロレンスが『アメリカ古典文学研究』の中で意図したことは、デモクラシーというひとえにアメリカ的な衣装をアメリカ人から剥ぎ取り、「そいつ」を暴き出すことであった。それが「アメリカの物語をアメリカの芸術家から救い出す」という表現でロレンスが意味したことであったと推測できるのである。

ロレンスは「そいつ」を評価の視座にすえて、アメリカ人作家を一刀両断に裁断してゆく。当然のことながら、二極分断的な評価にならざるをえないのであるが、デモクラシーという浅薄な理念に留まる作家は滅多切りされることになり、意識的であれ無意識的であれ観念的な衣装の背後に潜む「色浅黒い肉体」に言及している作家はそれなりの高い評価を受けることになる。したがって「すべてのアメリカ人の父」として後世に語り継がれることになるベンジャミン・フランクリンに対するロレンスの評価がはなはだしく低いのも頷けるのである。フランクリンに対してロレンスは次のようにこき下ろす。

おまえの暗闇に潜む自己を、いったいイエール大学が教育してくれるのか。それともハーヴァード大学か。

理想的な自己だと。ところがあいにくだが、理想的な窓の下で、狼がコヨーテさながら、締め出されて吠えたてる異様な逃げ腰の自己が私にはあるのだ。闇に輝く彼の赤い目が見えるかい。これこそ成熟を遂げようとしている自己なのだ。

人間の完成の可能性だなどと、よくもぬけぬけ言えたものだ。誰であれ、生きている限りは、自己の内部に矛盾しあうおびただしい人間が宿っているというのに。これらの自己のうちのどれを、他の自己をことごとく犠牲にして、完成させようというのだ。（第二章）

後世に及ぼした影響力という点において、十八世紀アメリカの最大の巨人の一人といっても言い過ぎではないと思われるベンジャミン・フランクリンの本質を見事に喝破した、鋭い指摘である。後世から「すべてのアメリカ人の父」とも呼ばれるようになり、「完全な市民」という香しい高貴な理想を掲げたフランクリンではあるが、ロレンスには香しいどころか、しわを隠すためにおしろいをこってり塗りたくった、なんともグロテスクな中年女性の悪臭と映ったに違いない。

ロレンスのクレヴクールに対する評価はフランクリンほど低くはない。というのもクレヴクールはフランクリンとは異なり、「色浅黒い肉体」を意識していたとロレンスは感じたからである。ただクレヴクールの問題は、「色浅黒い肉体」を意識しつつも、決してそこに身を置くことはなかったことである。「そいつ」の存在を知り、意識しつつも、彼は積極的にそこまで降りて行くことはなかった。存在の根源までみずから身を落とし、観念のみの希薄な生活の殻を打ち破ろうとすることはなかった。対岸の火事を観察するがごとく、みずからを安全な場所に置き、「そいつ」を観察していたのである。

ロレンスのクレヴクールに対する苛立たしさの原因が、この踏ん切りの悪さであったことは想像に難くない。日本的に言えば、清水の舞台から飛び降りるほどの覚悟なくして「そいつ」を実感できようか、というところであろう。したがって、クレヴクールの『アメリカ人農夫の手紙』は、みずからを安全な場所におき、完全な防御服を身にまとい、火傷することなく対岸の火事を消そうとする消防夫のような、いわば傍観者の憧れと空想の産物にすぎないことになるであろう。

何しろ同時に彼は、「自然」が美しく純粋で、人間がすべて兄弟同士で平等で、お互いに甘ったれ合う鳩さながら愛し合うものだと、頭から決め込んでいたからだ。彼は自分の処方箋どおりに人生を生きようと決心していた。だから「自然」とあまり親密に触れ合いすぎるようになると、いつも賢く身を引いて、交易や物質世界に逃げ込んだ。にもかかわらず、彼は自分の心を満足させるために、野蛮な暮らし方というものを知ろうとした。そこであの『アメリカ人の手紙』をでっち上げたという次第なのだ。いわば願望充足だ。（中略）本当は、彼は理知以前の暗い生命が嫌いなのだ。本当の官能的な神秘が嫌いなのだ。だが「知る」ことは願っている。全く飽く事のないアメリカ風の好奇心だ。彼は嘘つきだ。（第三章）

「嘘つきだ」と決めつけられたクレヴクールにおそらく反論の余地はない。そしてこのようなアメリカ人をロレンスは「白い野蛮人」と呼ぶのである。

さて前置きが長くなったが、ここまでの論考の主たる目的はロレンスの批評の視座をあらかじめ確認しておくことであり、ロレンス論を展開することではない。すでに論じてきたように、ロレンスのよって立つ視座は、デモクラシーに象徴されるアメリカの理念などではなく、その理念を突き破った地平に見えてくる赤裸々の情念であったことが判る。そしてこれを一方の視座に据え、そこからJ・F・クーパーを眺めるロレンスの論評は、興味深いクーパー論を提供してくれるのである。ここからの論考は、ロレンスが提供してくれるクーパー論を基軸にして、その妥当性を確認した上で、クーパーの作品の謎とクーパー自身の矛盾を解明することにある。

『アメリカ古典文学研究』において二章ずつ割り振られている作家が二人いる。それはJ・F・クーパーとハーマン・メルヴィルである。この論考ではクーパーを論じた第四章と第五章に焦点を絞り、まずはロレンスの示唆に富む重要な指摘を整理しておきたい。ロレンスはクーパーの作品を大きく二つに分類している。一つはアメリカの白人社会を中心とした『帰郷』(*Homeward Bound*)、『故郷』(*Home as Found*)、『密偵』(*The Spy*)、『水先案内人』(*The Pilot*)であり、もう一つはアメリカ西部を扱った、いわゆる「レザーストッキングもの」と呼ばれている五部作である。第四章「フェニモア・クーパーの白人小説」では主に『故郷』が中心に扱われ、第五章「フェニモア・クーパーのレザーストッキング物語」においてはナッティー・バンポーを主人公とするアメリカの原野を舞台とした一連の冒険譚が中心となっている。第四章の白人小説はさておき、重要なのは第五章の一連のレザーストッキング物語である。というのも第二章においてベンジャミン・フランクリンを、第三章においてクレヴクールを、第四章においてクーパーの白人小説を手厳しく批評してきたロレンスが、ここにきて初めてアメリカ小説の価値に対して、むろん全面的にではないが、かなり肯定的な批評を展開しているからである。ロレンスはこう告白する「私はレザーストッキングものが、かねてからこよなく好きだ」と。さらにレザーストッキング五部作の最後の作品『鹿殺し』(*The Deerslayer*, 1841)に至っては、もう手放しの賛辞としかいいようがないほどの惚れ込みようである。

ジェームズ・フェニモア・クーパー

「レザーストッキング」ものの中で最も魅力的なのは、最後の本、『鹿殺し』だ。（中略）珠玉のような作品だ。一片の完璧な模造宝石と言っても良い。そしてこの私自身、見せかけだけの真実に欺かれぬ限りは、完璧な一片の模造宝石が完璧な台にはめこまれているのが好きだ。そして『鹿殺し』のはめこみ台は、おそらく最高の出来栄えだ。（第五章）

さらに「これは神話であって、写実を意図した物語ではない。美しい神話として読むことだ」と記していることからして、ロレンスがこの作品を高く評価するその理由は、クーパーが観念的なデモクラシーの殻を突き破り、あるべきアメリカ人の姿を神話化した点にあることは間違いない。確かにクーパーの作品は晩年の作品になるにしたがって現実味が次第に弱まり、象徴性が増してくるのは事実である。この神話化の過程に関してロレンスはきわめて象徴的かつ暗示的な指摘をしている。

ナッティとチンガチグックとは、たがいに平等でも不平等でもない。彼らはそれぞれ、時が至ればたがいに従い合う。そしておたがいに相手のいる場所では厳しく沈黙し合い、幻想を作り出したりせず、厳しく自分自身の分を守り合う。それぞれがまさに人間を支える粗野な柱であり、自分の人間性を支える粗野な生ける柱だ。そして人間性を支えるこの粗野な柱の神性を承知し合っている。新しい関係だ。

「レザーストッキング物語」は、この新しい関係の神話を作り出す。そして老年期から黄金の青年期へとさかのぼってゆく。それはアメリカに関する本当の神話だ。まずアメリカは老いたうえにも老いた年齢で出発し、皺だらけの姿で古い皮膚に包まれ身もだえしている。それから徐々に古い皮膚が脱ぎ捨てられて、新しい青年期をめざす。これはアメリカの神話だ。（第五章）

ロレンスはレザーストッキングの五部作の主人公（ナッティ）が作品を重ねるにつれて、徐々に若くなっていることに着目し、その点にアメリカがヨーロッパ（古い皮膚）から逃れて、新世界において再生してゆく過程を重ね合わせ、象徴的な意味を読み込もうとしている。

なるほどそれはそれで一つの解釈であり、慧眼であるが、ロレンスはなぜクーパーがそのように描いたかについてはまったく言及していない。ロレンスの解釈には、直感的なひらめきがもたらす、するどい指摘が多々あるが、その指摘に関して論理立てて説明することはない。いうならば指摘するのみで細部を放り出してしまうのである。しかし作品の成立年代と当時のクーパー自身を取り巻くさまざまな状況を仔細に検討すると、ロレンスの指摘したような象徴的な意味を意図したかどうかという問題はさておき、クーパーはそのように書かざるを得なかったという、のっぴきならない事情が作品成立の背景として浮かび上がってくる。その事情とは、ある事件をきっかけにしてアメリカと民主主義に対するクーパー自身の認識が百八十度転換してしまったことである。

2. クーパーと『アメリカ人観』(*Notions of the Americans*)

クーパーは一八二八年に『アメリカ人観』を著した。この著作は書簡体で書かれており、一人のイギリス人貴族がアメリカの実情を実際の見聞にもとづいて本国の友人フレデリック・ウォーラー卿に伝えるという旅行記の体裁をとっている。この作品が出版された一八二八年にはクーパーはまだイギリスに滞在しており、内容の信憑性を高めるために、作者がアメリカ人であることを伏せて出版されたと言われている。旅行者であるイギリス人語り手によれば、「最近のアメリカに関するイギリスの書物のほとんどが、ある種の、歪んだものの見方や描き方をして」おり、「戯画への嗜好が顕著に認められた」ために、アメリカの現実をヨーロッパに正確に伝える必要性に駆られて書いた、との設定である。このようにアメリカを訪れた外国人、もしくはアメリカに移住した外国人が、アメリカを本国に紹介するという設定はすでにクレヴクールが『アメリカ人農夫の手紙』において採用している手法であり、とくに目新しいものではない。

このイギリス人の語り手は著者クーパーの分身であると考えてさしつかえないであろう。語り手の旅は、まずニューヨークからニューイングランド地方の内陸部に向かう。なぜ内陸部かというと、まだ都会ずれをしていない「国民性の最良の見本」を提供してくれるのが田舎であると考えたからであるという。したがってコネティカット州からマサチューセッツ州に向けて北上し、次にヴァーモント州を経てニューハンプシャー州を回り、ロードアイランド州を抜けてニューヨークに戻るという、ほぼニューイングランド地方全体を回る旅路となっている。

語り手はニューイングランド地方の住人の特徴を語る際に、まずイギリスを引き合いに出し、イギリス人を酷評することから始める。イギリスの下層階級の「卑屈で、追従的な態度」を指摘し、巨大な富がイギリスに集中したが、すべてがその富の恩恵にあずかることができるわけではなく、そのような態度は、富裕層と貧困層の格差が激しいため、富裕層に貧困層が仕えざるをえない状況から生じているとする。ところがここニューイングランドでは、庶民といえどもイギリスの庶民ほど服従的ではない。よく言えば独立心が旺盛で、お金に任せて人を顎で使おうとすると反発される。財布にたくさんお金が入っているからといって、偉ぶった振る舞いをすれば、それは当然機嫌を損ねることになるから注意が必要であると書き送るのである。

「アメリカの社会では、国民一人ひとりを仲間として扱わなければならないという考えは、ばかげた誤解だが、しかしその一人ひとりが神の目から見たら対等に人間として扱われなければならないのはきわめて当然のことです」と、ニューイングランドの庶民の民主的な特質を指摘している。

この著作の特徴は、アメリカ社会の習俗から国民性にいたるまで、さまざまな面の特徴をほほえましいもの、好ましいもの、歓迎すべきものとしてイギリスに紹介している点であろう。ニューイングランドの村落に関して、イギリスと比較して劣るどころか、今まで見たこともないほど素晴らしいと持ち上げ、その優れた点を列挙する。

空間的なゆとり、活発さ、整然としたたたずまい、安楽な暮らしぶりなどの点で、僕が今までに見たどの村落をも（まったくのところこの国のかつての母国イギリスの村落でさえも）はるかに凌駕しているのです。（中略）これまでにヨーロッパを幾度も巡り歩いたぼくですが、これらに匹敵するような村落に出会ったことはありません。

またその土地に住む住民たちは、イギリス人とはまったく異なる態度を示すとして、いくつか具体例を列挙している。たとえば宿屋の主人を例に取り、イギリスの宿屋の主人との相違点を次のように語る。

イギリスの宿屋の主人とニューイングランドの宿屋の主人とでは、同業者ながら極端な違いがあります。つまり金持ちにこびへつらいの態度を示す者と、金持ちにも心を動かされず、しばしば一見冷淡とも思えるほどの態度を示す者との違いです。どうやら前者は客の品定めをして、その客が落としていきそうな金高をひと目で算定しているようであり、一方、後者はどのような仕方で客をもてなしたら、その客の慰安にもっとも資することができ、かつ、みずからの立場をも著しく損なわずにすむかということを鋭意考えているように思われるのです。

さらに続けて「アメリカの重要な州の統治機関で責任ある重要な地位についている人」、いわゆる州政府高官が経営する宿に宿泊した体験について触れ、このアメリカ人の経営者がみずからの手で客の荷物を気持ちよく運んでくれたことを紹介している。なぜ彼がそのようにしたのか、それはこの主人が「自分の宿に泊まった客の財産を保護することが自分の責任を果たすべき義務である」と考えていたからである。ひるがえってイギリスの場合を考えると、イギリス人の宿屋の主人なら、客の荷物をみずから運んだなら「主人としての威厳にかかわると考え、まず番頭のジョンを呼びつけるはずだ」、するとその番頭は、「おそらく馬丁のトムか下足番のディック」なりに命じて荷物を運ばせることになるであろう。このような具体的な事例を紹介した後で、イギリス対して痛烈な批判を投げかける。

「もしあなたが盲従的なへつらいや金銭的な報酬目当てのいたれりつくせりのサービスを受けるのを好むなら」、イギリスを旅行したほうが良い。しかし、「客の人格に敬意を払うばかりでなく、宿の主人自身の人格をも尊重しつつ、つねに変わらない礼儀と好意ある心づかい」を望むなら、そのときにはアメリカを旅行することを薦める、と力説する。

以上のような具体的な事例から、さらにアメリカ人一般の国民的な気質にまで言及し、次のようにアメリカ礼賛を展開している。

他人の気持ちをつねにまじめに顧慮するという傾向は、アメリカ人の著しい国民性の一つに数えられましょう。それはいわば、高度の文明が産み出すもっとも好ましい、かつまた、もっとも確実な成果にほかなりません。むろん、ここで私が言う文明とは大理石に磨きをかけたり、大広間を金色に輝きわたらせたりするものではなく、理性や条理の普及を促すとともに、社会の人道的な資質を向上させずにはおかないような、しかも場合によっては、人々を洗練教化して優雅な存在たらしめるようなもののことです。アメリカ人は人口の割には人間らしさ、理知、心身の慰安など、好ましい要素が多く、この点にかけては諸国を凌駕しています。したがってこのような観点から考えれば、アメリカは疑いもなく世界でもっとも文明化された国家だと言えましょう。

クーパーがアメリカという新興国家をこよなく愛し、旧大陸の文明諸国家に対抗すべく自画自賛に思えるほど高く評価している様が痛いほど理解できる。特に国民の一般的な資質として、アメリカ人の他者への配慮や道徳性といった人間的な側面に限りない信頼を置いていることが窺えるのである。しかもそれらは十八世紀に誕生したばかりのアメリカという特異な新興国家が産み出した気質である。ニューイングランド地方の生活様式から国民性にいたるまで、アメリカのあらゆる部分に対する手放しのアメリカ礼賛となっている。クーパーがこの新興国家アメリカに寄せる期待はまさしく熱烈な愛国者のそれであったといえよう。アメリカ紹介を目的として一八二八年に書かれた『アメリカ人観』はアメリカの好ましいと思われる特徴を中心に構成されているためでもあろうが、基本的にアメリカ礼賛の書物であることは確かである。

「修道院長ジロマッチへの書簡」において言及しているアメリカの法律に関する記述は、クーパーのその後の運命に暗い影を投げかけるものとして、とくに暗示的である。クーパーはやがて自分自身に降りかかることになる皮肉な運命などむろん知るすべもなかった。この書簡の中でアメリカの新聞の役割についての件《くだり》があるが、アメリカにおいては新聞の編集者であろうと誰であろうと、大統領を相手取って告発することが可能であることを指摘している。

> 大統領を相手取ってその犯罪性を衝くような告発を行おうとも、もし告発の正しさを証明できるならば、その人は誰にもとがめられずに告発行為を完遂することができるのです。要するにその人は世論という目に見えない楯によって守られているのです。そして世論は単に法と相呼応しているばかりでなく、この国においては法自体をつくるものでもあるのです。（傍点筆者）

一八二八年の時点でクーパーがアメリカの好ましい特徴として列挙した内容に対して、かれ自身がどれほど深い認識と洞察を持っていたのか知りようもない。もし『アメリカ人観』が旧世界の国々に向けてアメリカの特質を単に美化するために書かれたのであったとするなら、やがてクーパーのそのような安易な、しかも楽観的な認識は根底から崩されることになるのである。この著作の十年後、クーパーはこの国において「法自体をつくる世論」を敵に回し、手痛いしっぺ返しを食らうことになる。しかしこの時点でクーパーは「法自体をつくる世論」、すなわち「アメリカの民主主義」を敵に回すことがどのような結果をもたらすことになるのかまったく予測もしていなかった。この時点でクーパーのアメリカと民主主義に対する信頼に揺るぎはなかった。しかしその後のクーパーの運命をたどると、一連のレザーストッキング物語を書かざるを得なかった理由は、実はこの楽観的なアメリカ礼賛の中にその萌芽を見ることができるのである。

3．クーパーと『アメリカの民主主義者』（*The American Democrat*）

ではクーパーが楽観的なアメリカ礼賛を変更せざるをえなかったのはなぜなのであろうか。クーパーは十年後の一八三八年に『アメリカの民主主義者』を世に問うている。そしてこの本を著した背景にはやむにやまれぬ、差し迫った事情があったというのが定説となっている。その事情というのは、ニューヨーク州クーパーズタウンの由緒ある旧家、クーパー家が所有する土地に絡む問題であった。クーパーズタウンという名称からすぐ分かるように、この村はクーパーの父ウィリアム・クーパーが獲得して開拓した広大な土地であった。大地主として君臨した父ウィリアムが政敵の凶刃に倒れ、その資産を譲り受けたジェイムズは、一八二六年から七年間ヨーロッパに滞在した後、一八三三年に故郷に戻ったのである。言うならば所有地の管理をおろそかにしていた不在地主が帰国したのであって、この期間に起きた二つの出来事が、クーパーに『アメリカの民主主義者』を書かせた間接的、あるいは直接的な原因となったと考えられる。

まず間接的な原因であるが、それは政治的な変化であり、男子普通選挙法の拡大に伴い一般大衆が政治の表舞台に登場してきたことである。クーパーがアメリカを離れていた七年の間に、アメリカの政治的環境は劇的に変化していた。十九世紀初頭、各州において選挙資格から財産条項が削除され、普通選挙が実施されつつあった。独立当初の十三州のなかでメリーランド州とニュージャージー州の二つの州は早くから普通選挙法を実施していた。独立時の十三州のなかでもっとも保守的であったといわれるニューヨーク州でさえも、一八二一年に州憲法を改正して選挙資格の条件であった財産条項を撤廃し、男子普通選挙法にもとづいて選挙を行っている。依然として納税規定は残っていたが、それも一八二六年には廃止されている。とりわけ新しく連邦に編入された中西部の州においてこの傾向は著しく、一八〇三年に州に昇格したオハイオ州においてはまだ納税規定は残っていたが、インディアナ州（一八一六年連邦編入）、イリノイ州（一八一八年連邦編入）においては、連邦に編入当初から白人成人男子にはまったく何の選挙資格制限もなかった。つまりアメリカの普通選挙法は、アメリカ中西部からその波が東部を襲ったのである。というのも西部の無尽蔵とも思える広大な土地の存在が土地の取得を容易にしたため、財産条項などまったく無意味なものになってしまったからである。

一八二八年の大統領選挙を勝ちぬき、第七代大統領に就任したアンドルー・ジャクソンはアパラチア山脈以西から登場した最初の大統領であるが、いわゆるジャクソニアン・デモクラシー誕生の背景には選挙法の拡大があったのである。初代のワシントンから第六代ジョン・Q・アダムズまで、六人の大統領のいずれもがマサチューセッツ州かヴァージニア州の出身であった事実を考えると、ジャクソンのアメリカ政治史上への登場が、十九世紀の前半を象徴する、いかに衝撃的な出来事であったか容易に想像できる。このような選挙権の拡大という政治的な変化が、憲法制定会議から五十年足らずのうちに、建国の父祖たちが恐れていた事態を現実に引き起こすことになったのである。

二つ目の理由は、しかも直接的な原因となった理由は、クーパー家の土地をめぐる争議である。この争議はクーパー家の所有地スリー・マイル・ポイントがオツイーゴ湖という風光明媚な湖の湖畔にあったため一般民衆の格好のピクニックの場所となり、所有者であるクーパーが知らないうちに村の共有財産とみなされていたことに端を発する。所有者の知らない間に村の共有財産になっていたということ、そのことに異議を申し立てる自体が貴族的で非民主的であるとする民衆の反論、そして民主的という名を借りた大衆のきわめて利己的な心性に対してクーパーは憤りを抑えることができなかった。ことの重大性に気づいたクーパーは早速この地への立ち入り禁止告知を地方紙に掲載したが、そのことが逆に近隣の地方新聞の非難攻撃をひきおこし、さらに事態をいっそう紛糾させる結果となったのである。

クーパーに『アメリカの民主主義者』を書かせることになったこれら二つの理由は、アメリカの民主主義を考える上で、たいへん象徴的な意味を持っている。というのも、当時アメリカ社会に浸透しつつあった大きな潮流、すなわち一般大衆の政治参加という民主化の流れが、本来の流れから逸脱して濁流と化す兆候をそこに読み取ることができるからである。クーパーがこの濁流を本来の流れに戻す必要があると考えたのも無理からぬことである。端的に言うなら、本来なら許されるはずのない出来事が民主主義という名のもとにまかり通ってしまうような事態が頻発しつつあったということでもある。

ジャクソニアン・デモクラシーとして一般大衆に祭り上げられたこの時代は、裏返せば東部の富裕な商人や地主階級にとってはジャクソン革命と呼ぶことさえ可能な急激な変化の時代であり、彼らに多大の衝撃と損害を与えた混乱の時代でもあった。元来、クーパーは「民主主義国においては国民の人格が押しなべて向上し、崇高な次元まで達しうる者の数は少ないかもしれないが、反面低劣な次元へと落ち込む者もまた少ない。……むしろ低劣な次元まで落ち込んだ人々を人間本来の価値にふさわしい状態にまで引き上げるのが、その真の傾向だといえよう」と記しているように、アメリカの民主的な政治形態をヨーロッパのそれと比較して非常に高く評価していた。またクーパーがアメリカ人の国民性を高く評価していたことは、前述したように『アメリカ人観』の中で顕著に示されていることからして疑う余地はない。しかし一八三七年のスリー・マイル・ポイントをめぐる争議以後、アメリカは何かが変わってしまった、変わったというより狂ってしまったといったほうがクーパーの心情を代弁することになるかもしれないが、そのことを現実に認めざるを得なかった点にクーパーの悲劇があったと言うこともできよう。

愛する祖国アメリカにおいて何かが変わってしまったという不安感、あるいは何か貴重なものが失われてしまったという喪失感は、社会変動の激しい十九世紀において多くの作家たちが共通に抱いていた感覚であった。二十年ぶりに祖国アメリカを再訪したヘンリー・ジェイムズが祖国に見出したものは、昔とはまったく異なる景観であった。そこにあったのは拝金主義に汚染された物質文明のはびこる混乱の極みであった。アメリカという土壌に深く根を張り、一般大衆の素朴な生命力を『草の葉』(*Leaves of Grass*) で歌い上げた、あの民主主義の唱道者ホイットマンでさえ、十九世紀アメリカ社会の混沌たる状態を目の当たりにして『民主主義の展望』(*Democratic Vistas*) を書き、一般大衆の教育・教化を図らなければならないと主張せざるをえなかったのである。

時代の転換期に生ずるこのような喪失感は、チェーホフの『桜の園』に登場するラネースカヤが認識できないもの、しかし彼女の娘たちが漠然と察知している感覚と同じものであったかもしれない。時代の変化に取り残された地主階級のラネースカヤは、現実の変化を認識できない。いや、あえて分かろうとしない。時代の変化を敏感に察した娘の一人、アーニャの語る言葉はきわめて象徴的である。「どうしてわたしは、もう前ほど桜の園が好きでなくなったのかしら。あんなにうっとりするほど好きだったのに。この世でうちの庭ほどいいところはないと思っていたのに」と。桜の園が旧地主階級の過去の栄華の象徴であり、それを切り売りすることが旧体制の崩壊を意味していることは明らかであろう。クーパーにとってのスリー・マイル・ポイントはラネースカヤの「桜の園」であり、「エデンの園」そのものであったのだ。

阿部公房の小説『榎本武揚』のなかで、ある日本兵の憲兵は問いかける。「私には何としてもはかりかねるのです。一つの時代の制度に忠誠であったことが、何ゆえに咎められなければならないのでしょうか」と。クーパーの認識が、日本軍のこの憲兵の認識とまったく同じものであったと断定するつもりはない。しかし独立戦争や南北戦争のような戦時の混乱状態ならいざ知らず、平時において所有地の一部が持ち主のあずかり知らないところで共有地へと姿を変えてしまう事態を体験したクーパーは、おそらく民主主義という制度の負の側面を身をもって認識したに違いない。揺るぎない信頼を置いていた制度であるだけに期待を裏切られたというクーパーの喪失感、絶望感は想像に余りある。その落差を推し量るすべもない。

　ではクーパーの想い描く民主主義とはどのようなものであったのか。『アメリカの民主主義者』の冒頭、クーパーはこの著作を世に問う理由を次のように記している。

> 筆者がこのささやかな書籍を著すにいたった動機は、社会の幸福を図る上でもっとも重要な原理ともいうべきものが、最近一般民衆の間でしだいに曲解されてゆくのを幾度となく目にとめているがためである。……確かに現状では集団としての人間を増長させ、過ちを犯させる一方、個々の人間を圧迫する傾向が目立つ。（傍点筆者）

社会の原理がしだいに曲解されてゆく事態を憂慮し、一般民衆の誤った民主主義観を是正すべく筆を執ったことが示されているが、クーパーの論述は明快で分かりやすい。しかもよく整理された、バランスの取れた民主主義論となっている。まず政治制度について一般論を展開し、次に共和政体の一般論、そしてアメリカの共和政体論へと、つまり総論から各論へと説き起こしてゆく。このような論述の仕方は、すべての項目に共通するやり方で、君主国、貴族主義国、民主主義国のそれぞれの利点と弱点を分析する際にもクーパーの論理的で几帳面な資質が遺憾なく発揮されている。とりわけ自由と平等に関するクーパーの見解にはたいへん興味深いものがある。

4．クーパーの「自由と平等」

平等を二つの範疇に分類し、一つは権利の平等、もう一つは身分の平等であるとする。人間が、とくにアメリカにおいて、平等なのは権利の平等であって、社会的な身分の平等はまずありえないと主張する。なぜなら、権利の平等が確保されるかぎり、万人は平等に法律の適用を受けることができ、いかなる者も法律の統制を免れることはできなくなるからである。つまり「市民生活上の権利の平等とは、特権の不在のことである」と規定する。一方、身分の平等は国家が歴史を重ね、成熟するにつれてそこに差が生じてくる。法律上の所有の権利は、いかなる場所においても土地財産を平穏に所有する権利が保障されているのであるから、富める者と貧しい者が生じるのは当然であり、おのずから身分に開きが生じてくるのである。

同じような額の財産を所有していた二人がいると仮定しよう。一人は怠惰な生涯を送った結果、零落して使用人として働かざるをえなくなるかもしれない。そのため生きるための労役に明け暮れることを余儀なくされる。もう一人は刻苦勉励して働いた結果、趣味や芸術に時間を費やし、旅行を楽しみつつ見聞を広めることができるようになるかもしれない。主人として使用人を雇い、左団扇で暮らすことができるようになるかもしれないのである。要するに「人間の社会的な身分に平等などありえない」とクーパーは指摘する。

　このようにクーパーが主張する背景には、権利の平等のみならず、社会的身分の平等までも要求しようとする傾向の強いアメリカの社会の風潮に対してあらかじめ警鐘を鳴らしているのだと解釈することもできよう。完全な自由と平等を求めるアメリカの大衆に対するクーパーの見解は、自由に対する次の一節に明確に示されている。

> 完璧な、無制約の自由が社会の存在と相容れないものであることは、身分の平等の場合と変わりはない。元々そのような自由は自然状態のもとでも存在しえない。なぜなら法の保護がなければ強者は弱者をしいたげ、隷属させようとするからである。したがって、自由とは単に、ある社会契約の状態、つまり社会の人々が、かれらにとって真に必要な、また明らかに重要な制約以外のものをもってみずから束縛せしめないような社会契約の状態を意味するものと理解すべきである。
>
> （傍点筆者）

クーパーにとっての「自由」は、完璧な、無制限の自由ではなく、「限定された自由」、つまり「契約による自由」という考え方であったことが分かる。ところが問題に、アメリカにおいてこの「限定された自由」が独り歩きをはじめ、その姿を「無制限の自由」に変えつつあったということなのである。

合衆国憲法の制定者たちが恐れていたがゆえに、憲法において極力制限しようとしていたことが「無制限の自由」であったことは第一章において論じたが、かれらが恐れていた事態が五十年もたたないうちに現実のものとなりつつあったのである。

クーパーが抱いていた懸念が、民主主義国家において「多数派が強者になる」という危険性であったことは明らかであろう。したがって君主制国家、貴族制国家、民主制国家の長所と短所についてできるだけ私情を排して、公平に、かつ客観的に語ろうとしている彼の意図が伝わってくるにもかかわらず、こと民主主義国家の短所に触れだすと、クーパーの筆法は堰を切ったように、にわかに勢いを増すのである。

クーパーは多数派が支配する民主主義を否定しているわけではない。「多数派が支配すべきなり」という民主主義の格言を鵜呑みにするのは危険性を伴うとの警鐘を鳴らしているのである。なぜなら、多数派が制約なしに国家を支配すれば、おそらく個人の支配による場合と変わらないほどの不正や、圧政が生じることになり、人間が生来、徒党を組み党派心によって正義を見失いがちであるだけに、不正の規模も拡大する傾向が生じてくるからである。

一八三八年に書かれた『アメリカの民主主義者』におけるクーパーの指摘は、三十年後の、いわゆる金メッキ時代にしだいに明らかになってくる民主主義の横暴、すなわち党利党略の横暴の危険性をあらかじめ察知していたようにも思えるほど的確な指摘となっている。

したがってクーパーは「多数派が支配するのは法律に規定されている事柄に関してのみである」と

主張する。「多数が支配すべきなり」という民主主義制度の決まり文句に対して、多数派が必ずしも正義を行うとは限らないと反論する。なぜなら「国事に関しては、教養ある、富裕な階級の方が一般大衆よりも適切な判断を下しうる」からである。さらに「民主制国家においては、凡庸さに対して他の社会では与えられないような、高い価値や評価が与えられているのである」と語るにいたって、百年後、二十世紀の大衆を論じたスペインの哲学者オルテガの『大衆の反逆』の中の「今日の特徴は、凡俗な人間が、おのが凡俗であることを知りながら、凡俗であることの権利を敢然と主張し、いたるところでそれを貫徹しようとするところにある」との指摘と驚くほど見事に合致している。

クーパーは民主主義の危険性に関して、百年も時代を先取りしていたのである。しかしクーパーの論評は、感情的になりすぎたためか、民主主義の短所を列挙するというよりもむしろ一般大衆への侮蔑へと転じているようにも思える。クーパーの指摘は妥当な正論であるにもかかわらず、逆に正論であるだけに、一般大衆の感情を逆なでしたのである。クーパーが大衆から遊離してしまうのは避けられないことであった。

5. 世論と新聞

また民主主義の弱点の一つとして、クーパーは世論の役割を指摘している。民主政治は世論の支配を受けるために、うさん臭い連中が公正な手段を通して権力を得られないとなると、大衆の心を惑わし、さらに操作することによって目的を果たそうとする危険性を指摘している。そしてこのような大衆を惑わす世論の操作を、民主制度の中で最も危険な弊害としているのである。「国民は民衆扇動家や政治的陰謀家の惑わしに対してとりわけ無力にならざるをえない。思うに、民主政治の罪悪の大半はこのたぐいの者の非行や策略から生じている」と語るとき、十九世紀、二十世紀、そしてさらに現代のアメリカ政治の現実の負の側面をクーパーがあらかじめ察知していたかのように思えるほど、その射程の長さに驚かされる。

クーパー家の私有地への立ち入り禁止告知を地方紙に掲載したが、近隣の地方紙から猛反発を受けてしまったことは前述したとおりである。そのためもあってか、新聞雑誌の役割に対するクーパーの見解はかなり否定的であり、穏当とは言い難い。

> 概して、出版の自由がない国には民衆の自由もあり得ないが、一方、出版が放縦に流れている国では、公衆のあいだに誠実さも正義の観念も、はたまた、人格を尊重する気持ちも見出されないと考えてよいであろう。いずれが幸福であるかと言えば、むろん、前者、つまり自由な新聞雑誌出版をまったく阻止されている国の方である。（傍点筆者）

自由な出版ができない国の方が幸せであると主張するクーパーの見解は、かれが近隣の地方紙の攻撃によって痛めつけられた腹いせに思えなくもないが、しかしアメリカにおいて節操のある有徳の人物が急速に影響力を失いつつあったという現実があることもまた事実であった。代わりに台頭してきたのがうさん臭い、いかがわしい人物たちで、さまざまな分野において勢力を拡大するようになってきたのである。その原因は、新聞雑誌を中心とした出版物の腐敗にあり、出版物が腐敗するのは、元をただせば、利害によって動かされた政治的な投機師たちが生み出したものであるからだと主張する。もはやアメリカには真実を報道する信頼できる公正な機関などはなく、党利党略のために動く多数派が決定したものが真実として伝えられ、そこに正義が介在する余地はない。大きく歪められた偽りの事実が、あたかも真実として大衆に伝えられている、とクーパーは慨嘆する。

何やら現代のフェイク・ニュースの出現を連想させるような指摘であるが、クーパーの新聞雑誌に対する不信感は、現代のマス・メディアのあり方への不信感と相通じるものがある点は興味深い。メディアの媒体の違いはあれ、メディアの問題はすでにこの時代に端を発し、ほぼ二〇〇年が経過してもそれは解決されることなく、むしろいっそう混迷の度を深めていると言うことさえできよう。

一八三一年、ジャクソン政権下のアメリカを訪れたトクヴィルは、アメリカ社会に拡大しつつある平準化、すなわち民主化の状況をつぶさに観察し、「アメリカ社会では多数が思想に厳しい枠をはめている。その範囲内では、文章に携わるものは自由であるが、あえてそれから外れようとすると災難である。火あぶりの刑の恐れはないが、あらゆる種類の不快と日々の迫害の的となる」と記した。

トクヴィルのこの指摘はクーパーのスリー・マイル・ポイント事件を早くから事前に予測していたようにも思えるほど、クーパーのおかれた状況をみごとに説明することになる。事実、晩年クーパーはあらゆる種類の不快と大衆の冷淡なまなざしとの戦いに日々を費やさねばならなくなったのである。

押し寄せてくる民主化のうねりに対抗し、クーパーはその違法性を告発し、十八世紀の建国の父祖たちの合衆国憲法の理念に立ち返ることを繰り返し主張した。この意味においてクーパーが貴族的な体質を持った時代錯誤者であるとして近隣の一般大衆から非難されたとしてもやむをえない。クーパーの悲劇は、彼が絶対的な信頼を置いた民主主義の理念が、現実の民主化する社会に追い越されてしまった点にある。ある意味で時代がクーパーを頑迷な保守主義者に仕立て上げたとも言えよう。

「人間をその生まれながらの体質や性癖から解放して、はるか高みに据えようなどというもくろみに対して信頼をおくことはできない」と記しているように、クーパーは、人間の生まれながらの性質を変えることによって、高貴な、素晴らしいものになりうるなどとはまったく信じていなかった。人間性に関しては建国の父祖たち同様に最後まで現実主義者であった。しかしいざ民主主義ということになると、自己の信奉する理念にかたくなに、しかも過大に信頼を寄せる理想主義者でもあった。

社会の変化に応じて、民主主義という理念そのものもまた変幻自在に変化しうるということは、おそらくクーパーにとって許しがたいことであったに違いない。憲法の精神への信頼は微塵《みじん》も動くことはなかった。人間理解において現実主義者でありながら、民主主義という理念において理想主義者でもあるという内部矛盾が、クーパーをして激しく揺れ動く人生を歩ませたのである。

6．レザーストッキング物語五部作の謎

クーパーは作家生活の後半、レザーストッキング物語に着手する。これら五部作は、一九二三年の『開拓者』（*The Pioneer*）、一八二六年の『モヒカン族の最後』（*The Last of the Mohicans*）、一八二七年の『大草原』（*The Prairie*）、一八四〇年の『案内人』（*The Pathfinder*）、そして最後を飾る一八四一年の『鹿殺し』（*The Deerslayer*）である。ロレンスが『アメリカ古典文学研究』において指摘したように、これら一連の小説において後期の作品になればなるほど主人公が徐々に若返っているのである。実際に出版年代と主人公の年齢を仔細に検討してみると、必ずしもロレンスが指摘したように出版年代順に若返ってはいないのであるが、それでも最初のレザーストッキング物語である『開拓者』の主人公は七十歳代前半であり、最後の作品『鹿殺し』の主人公は二十歳代前半に設定されており、そこにはおおよそ五十歳の開きがある。ロレンスの指摘はおおむね正しいことを前提とした上で、では、このように描いたクーパーの意図はいったいどこにあったのであろうか。

すでに論じてきたように、クーパーの民主主義の理念と時代の潮流は乖離しつつあり、その落差はいっそう拡大するばかりで、それを解消することは不可能であった。それゆえ、選ばれた者が政治を主導する名望家政治から庶民の政治参加の時代へと大きくうねって変貌する時代の過渡期にあって、クーパーはあえて流れに抗して、アメリカ建国の理念、そして民主主義の理想を頑迷固陋に説き続けねばならなかったのである。クーパーの説く民主主義の理想は、当時、現実にしかも着実に進行しつ

つあった社会の平準化、すなわち急激な民主化とは相容れない類のものであった。したがって十九世紀のアメリカの現実とクーパーが理想とする民主主義の理念が乖離すればするほど、クーパーは小説の世界においてあるべきアメリカの理想的な姿を描き続けねばならなかった。

主人公のナッティ・バンポーが一八二三年に『開拓者』において初めて登場した時、舞台は一七九三年に設定されていた。出版年と作品の舞台設定には時間的に三十年の開きがあるが、そこで描かれた虚構の世界は、まだ当時の現実世界をある程度反映するものであった。しかし一八四一年に出版された最後の作品『鹿殺し』においてナッティが登場する舞台は、百年前の一七四〇年の開拓地となっている。作品の舞台の年代設定と現実の年代の時間差はたいへん重要な意味を持つ。つまりクーパーのレザーストッキング物語の主人公の若返りは、クーパー自身のアメリカ社会に対する絶望感、喪失感と反比例していることができよう。クーパーの理想とする社会が現実世界において崩されつつあったがゆえに、現実から遊離した形で、アメリカの理想を物語の中で過去に向かって探し続けねばならなかったのである。

ロレンスは、後期の作品は「現実味がしだいに弱まり、美しさがしだいに強まる」ことを指摘している。その意味するところは明らかであろう。クーパーは同時代の「民主主義社会の現実」に幻滅して、本来の「民主主義のあるべき姿」を虚構の世界において実現しようとしたのである。つまり現実世界において進行している「大衆主義」を超越した「かくあるべき理想の世界」を夢見たのである。現実味が薄まり、美しさが強調されていると感じるのは必然的な結果であった。歴史が伝説となり、そして伝説が神話となるには、現実との接点を超越し、理想を純化し、普遍化することに成功した時点において可能となる。

クーパーはレザーストッキング五部作の最後の作品『鹿殺し』においてアメリカ民主主義の神話化に成功したのであった。しかし同時にその世界はアメリカ民主主義の現実を否定し、現実世界から遊離することによってしか理想を語れないというクーパー自身の悲劇の終着点でもあった。現実に進行しているアメリカの民主主義とクーパーの描く理想の民主主義との相克は、小説という虚構の世界においてしか調和点を見出すことができないほど乖離してしまっていたのである。

引用文献

Cooper, James Fenimore. *The American Democrat*, New York: Vintage Books, 1969.

Lawrence, D.H. *Studies in Classic American Literature*, New York: Penguine Book Ltd. 1977.

大下・有賀他編、『資料が語るアメリカ』有斐閣、一九八九年

紀平英作・亀井俊介『アメリカ合衆国の膨張』中央公論社、一九九八年

斎藤眞他編『D・H・ロレンス　アメリカ古典文学研究』酒本雅之訳　研究社、一九七八年

斎藤眞他編『J・フェニモア・クーパー』小原弘忠訳　研究社、一九七六年

渡邉夋夫他訳『世界の名著　33　フランクリン、ジェファソン、マディソン、トクヴィル他』中央公論社、一九七〇年

オルテガ・イ・ガセット『大衆の反逆』神吉敬三訳　ちくま学芸文庫、一九九八年

第三章　デモクラシーの預言者——ホイットマンと民主主義の現実

1.『草の葉』とデモクラシーの聖典

ウォルト・ホイットマン（Walt Whitman, 1819-1892）の名を広く世に知らしめたのは、少々誇張して言えば生涯に出版した唯一の詩集『草の葉』（*Leaves of Grass*）である。『草の葉』が一八五五年七月四日、偶然にもアメリカ合衆国の独立記念日に出版された時、ホイットマンは三十六歳であったが、この詩集はその後版を重ね、一八九二年にホイットマンが七三歳の生涯を終える時に出版された、いわゆる「臨終版」まで増補改訂が続けられた。初版本は本文がわずか九五ページであったが、一八九二年の臨終版は四三八ページにもなる文字通りアメリカを代表する大詩集となっている。

しかしながら、この詩集は最初から好感をもって迎えられたわけではなく、ごく一部を除いて高い評価を受けたわけでもなかった。*The New York Crilerion* はこの詩集を「がらくた」「卑猥」とこき下ろし、ことに宗教界からの反応はすさまじく、*The Christian Examiner* は「神をないがしろにす

ウォルト・ホイットマン

る好色性」と、詩の内容そのものを徹底的に否定したのである。『草の葉』が従来の詩の伝統を破った破格の自由詩であること、そして扱っている題材が既存の詩の題材と大きくかけ離れていることもあって、一八五五年の初版本はおおむね不評であったといってよい。特に、ホイットマンの詩を貫く「性的なイメージ」が当時の読者層に大きな衝撃を与えたことは容易に想像できる。

当時の一般的な道徳観念に照らしてみれば、多くの読者がその露骨な性的なイメージに対して眉をひそめたことはごく普通の反応であったといえよう。たとえば、この詩集に収められた「アダムの子供たち」は、従来の詩人たちが決して扱うことのなかった「禁断の題材」であった。

旧来の伝統的な倫理観に縛られることなく、性を生命力の源として自由に歌うことができるようになるにはさらに一世紀以上の歳月を待たなければならないが、十九世紀中葉のアメリカにあって、本音はどうであれ、世間一般の表向きの倫理観は『草の葉』の内容を即座に受け入れるほどおおらかではなかったし、進歩的でもなかった。社会的なタブーは根強く、しかも厳然と存在していた。したがってこの衝撃的な詩集が閲覧制限扱いとなる運命をたどることになるのは当然の成り行きであったといえよう。特に「アダムの子供たち」（Children of Adam）に見られる生命賛歌はきわどい表現の連続であり、ほとんど卑猥とすら読者に映ったであろうことは想像に難くない。

From pent-up aching rivers（堰き止められてもだえる川から）

From pent-up aching rivers,
From that of myself without which I were nothing,
From what I am determind'd to make illustrious, even if I stand sole among men,
From my own voice resonant, singing the phallus,
Singing the song of procreation,
Singing the need of superb children and therein superb grown people,
Singing the muscular urge and the blending,
Singing the bedfellow's song, (O resistless yearning !
O for any and each the body correlative attracting !
O for you whoever you are your correlative body ! O it, more than all else, you delighting !)

堰きとめられて悶える川から、
それなくしてはぼくが無に帰してしまうぼく自身の根源から、

たとい天涯孤独になろうとも、断固として世に知らせんとぼくが決意しているものから、
ひびき渡るぼくの声から、男根の賛歌を歌いつつ、
生殖の歌を歌いつつ、
優れた子供たちと彼らの内部に芽生える優れた大人たちとの必要を歌いつつ、
たくましい筋肉の衝動と交合を歌いつつ、
枕を交わす友の歌を歌いつつ〈おお抗いがたく高まる慕情よ、
おお何人であれすべての人にとって結び合う肉体は心をひきつけ、
おお君がたとえ誰であろうと君のために君と結び合う肉体を。おおそれこそ他の何ものにも
まして君に喜びを与え〉

男女の性行為をこれほど直截に賛美した詩が今まであったろうか。これでも十分に刺激的かつ挑発的であるが、次の"I Sing the Body Electric"（「ぼくは充電された身体を歌う」）と比較したらまだおとなしいといえるかもしれない。

This is the female form,
A divine nimbus exhales from it from head to foot,
It attracts with fierce undeniable attraction,

I am drawn by its breath as if I were no more than a helpless
　vapor, all falls aside but myself and it,
Books, art, religion, time, the visible and solid earth, and what
　was expected of heaven or fear'd of hell, are now consumed
Mad filaments, ungovernable shoots play out of it, the
　response likewise ungovernable,
Hair, bosom, hips, bend of legs, negligent falling hands all
　diffused, mine too diffused,
Ebb stung by the flow and flow stung by the ebb, love-flesh
　swelling and deliciously aching,
Limitless limpid jets of love hot and enormous, quivering jelly
　of love, white-blow and delirious juice,
Bridegroom night of love working surely and softly into the
　prostrate dawn,
Undulating into the willing and yielding day,
Lost the cleave of the clasping and sweet-flesh'd day

これは女のからだ、
ひとすじの神聖な光が頭から足までいたるところから流れ出て、
否定しがたい激しい力でひきつける、
まるで無力なひとすじの煙さながらぼくは女のからだから漏れる吐息に引かれ、
すべては脆くも散り落ちて残るはただぼく自身とそのからだのみ、
書物、芸術、宗教、時間、目に見える固い大地、天国に期待し地獄に恐怖した
ことも、今はことごとく焼き尽くされ、
欲情が狂おしく幾すじもの細い糸と化し、統御しがたく幾本もの太い水柱さながらからだ
から噴出し、応える僕の想いも同じように統御しがたい、
髪、胸、尻、足の屈折、しどけなき垂れ下がる手、ことごとく欲情に浸され、
ぼくのほうも同じように全身ことごとく欲情のとりことなり、
引き潮になれば満ちてくる潮に刺激され潮満ちれば引いてゆく潮に刺激され、
愛欲みなぎる肉は膨れ上がり甘美な痛みに疼く、
熱く燃えた巨大な愛欲の限りなく透明な噴出、小刻みに震える愛欲の粘液、
白く噴き上げる恍惚の汁液、
愛欲に満ちた花婿の夜が身を横たえる夜明けの中に確実に優しく入り込み、
嬉しげに迎え入れる昼の内部へうねりつつ入り込み、

抱き締める昼の甘美な肉の割れ目に沈む。

（酒本雅之訳）

宗教界のみならず一般読者ですら、おそらくこの詩を読み、度肝を抜かれたに違いない。性を描写することに比較的寛容になってきた現代ですら、ホイットマンのこのような描写にはただ驚くばかりである。したがって今から一五〇年前の、しかもピューリタンの価値観が色濃く残るアメリカにあって、いたるところから非難の声が上がったのは当然の結果であった。その露骨な性的なイメージゆえに、この詩を無視するだけでは収まりがつかなかったことは容易に想像ができる。閲覧制限本に指定されたのは、当時の道徳観に照らしてみれば当然といえば当然の措置であった。

この詩を、当時アメリカ最高の詩人としてその名声をほしいままにしていたロングフェローの詩と比較してみれば、扱っている題材といい、詩の作法といい、その違いは歴然としている。ロングフェローの詩はアルフレッド・テニソンに連なる伝統的な英詩の規範をそなえた、いわゆる「上品な伝統」を体現する詩の典型として、当時教室において扱われるほど人気を博していた。実際、ロングフェロー自身ヴィクトリア女王に拝謁する栄誉を受け、死後は十九世紀のアメリカを代表する世界的詩人として、ロンドンのウェストミンスター寺院の「詩人のコーナー（Poets' Corner）」にその胸像が顕彰されたのである。いみじくも『草の葉』が世に出た一八五五年は、ロングフェローの代表的詩集『ハイアワサの歌』（*The Song of Hiawatha*）が出版された年でもある。

By the shores of Gitche Gumee,
By the shining Big-Sea-Water,
Stood the wigwam of Nokomis,
Daughter of the Moon, Nokomis.
Dark behind it rose the forest,
Rose the black and gloomy pine-trees,
Rose the firs with cones upon them;
Bright before it beat the water,
Beat the clear and sunny water,
Beat the shining Big-Sea-Water.

ギッチ・グミ湖の岸辺に
輝く大海の近くに
月の娘、ノコミス、ノコミスのテントが建っていた
テントの背後にうっそうとした森があり、
黒々とした薄暗い松の木々がそびえ、
マツカサをつけたもみの木々が立ち並ぶ、

その前で水が明るく輝き打ち寄せる、
澄んだ陽光あふれる水が打ち寄せる
輝く大海の水が打ち寄せる
（訳筆者）

アメリカ・インディアンの英雄を扱った神話的題材、韻律、脚韻などすべての点においてロングフェローの詩が当時の詩の基準であった。詩の内容はあくまでも読む人の心に感動と安らぎ、そして倫理感を与えるものでなければならなかった。このようにしてみると、ホイットマンの『草の葉』が形式と題材の両面において、ロングフェローの詩の対極に位置していたことは明らかであろう。

しかしながら、ホイットマンの『草の葉』がアメリカの文壇から全面的に否定されたわけではなかった。ホイットマンから贈られたその詩集の価値にいち早く気づき、好意的、いや好意的というよりも最大級の賛辞を寄せた文壇の大御所がいた。エマソン（R. W. Emerson）がホイットマンに送った次の書簡は、文学史の教科書にも登場するほど、いまや伝説的な賛辞とすらなっている。一八五五年七月二一日付けでエマソンは次のような礼状をホイットマンに送っている。

私は『草の葉』という素晴らしい贈り物の価値に盲目ではない。私はそれがアメリカのもたらしたもっとも並外れた知性の産物だと分かる。（中略）あなたの素晴らしい経歴の門出にあたり敬意を表する。この輝きが幻でないかどうか確かめるために少し目をこすってみた。しかしこの本の堅固な感触はまさしく確実なものである。

ホイットマンから贈呈された『草の葉』の中にエマソンが何を読み取ったかは推測するしかないが、おそらくエマソンがかねてから主張していた、いわゆる「アメリカの知的独立宣言」に匹敵する何か、すなわち旧世界ヨーロッパとは異なるアメリカという新世界独自の思想を具体的に表現する何かを見て取ったに違いない。かねてからエマソンは旧大陸の後塵を拝していることに満足しているアメリカの社会を批判し、新興国家アメリカにふさわしいアメリカ独自の思想と文学を持つべきだと主張していた。エマソンは随筆『自然』（*Nature*, 1836）の序文の中で、新しいアメリカにふさわしい独自の体系の必要性を次のように説く。

われわれの時代は懐古的である。先祖の墓を建立し、伝記を書き、歴史を書き、批評を書く。われわれに先行する世代は神と自然に直接対面した。われわれはかれらの目を通してだ。なぜわれわれは宇宙との独自の関係を楽しまないのか。なぜわれわれは、伝統によるものではなく、洞察による死と哲学を持たないのか。かれらの歴史によるのではなく、われわれに啓示された宗教を持たないのか。（中略）太陽は今日もまた輝いている。野原には羊毛と亜麻がある。新しい大地、新しい人間、そして新しい思想がある。われわれの仕事、法律、そして礼拝を要請しよう。

エマソンは、かれの要請に応える、新しいアメリカにふさわしい文学の可能性をホイットマンの『草の葉』に見出したといえよう。エマソンとホイットマンの詩が共有するものを読み取ることはさほど困難な作業ではない。エマソンは、「大霊」（"Oversoul"）という随筆の中で次のように語っている。

> 万人の個別的な存在をことごとく内部にふくみ、他のすべての存在と一体にしてしまうあの「一なる者」、あの「大霊」だ。誠実な会話ならすべて礼拝を捧げ、正しい行為ならすべて服従を捧げるあの共通の心だ。（中略）われわれは継承し、分轄され、部分となり、分子となって生きている。いっぽう人間の内部には全体の魂がある。賢明な沈黙、つまりあらゆる部分や分子が平等に結びつく普遍的な美、永遠の〈一なる者〉がいる。（傍点筆者）

一方、ホイットマンの『草の葉』の「ぼく自身の歌」の次の行は、エマソンの超越思想の文字通りの詩的表現といってもおかしくないほど似通っている。

> I cerebrate myself and sing myself,
> And what I assume you shall assume,
> For every atom belonging to me as good belongs to you.

ぼくは僕自身を讃え、ぼく自身を歌う、
ぼくのこの企てをやがて必ず君も企てることになる、
ぼくに属する原子のひとつひとつが君にもそっくり属しているからだ。（傍点筆者）

上記のエマソンの「大霊」とホイットマンの「ぼく自身の歌」を比較してみると、表現形態に大きな差はあるが、思想的には極めて近いところに位置していることがわかる。ホイットマンはエマソンの思想を詩という形式を借りて表現したといっても過言ではない。ここでエマソンが記している「あらゆる部分や分子が平等に結びつく普遍的な美、永遠の〈一なる者〉」、つまりエマソンの超越主義思想の中核をなしている「大霊」という考え方は、ホイットマンの詩の「ぼくに属する原子のひとつひとつが君にもそっくり属しているからだ」に置き換えられていると考えても違和感はない。エマソンを中心とした超越主義者のグループが早くからホイットマンに関心を示していたことは、単に『草の葉』の斬新さ、もの珍しさに惹かれたというだけではなく、その思想的な親和性という観点から理解すると合点が行くのである。

『草の葉』はエマソンの賛辞もあってか、十九世紀後半になると徐々にその評判を高めてゆく。しかしながらこの詩集がアメリカの民主主義と直接に結びつけて言及されることはなかった。ホイットマンの詩集が民主主義と関連付けて論じられるようになるには一八八三年まで待たなければならない。一八八三年にR・M・バック（Richard Maurice Bucke）が『草の葉』を「デモクラシーの聖典」

(the bible of Democracy) と呼んだこと、また一九〇二年のホイットマン全集第一巻の冒頭の伝記的な記述も、「『草の葉』は近代デモクラシーの一種の聖書となっている」と述べていることを亀井俊介は紹介している。これから以後ホイットマンはアメリカ民主主義の旗手、そして彼の著作『草の葉』はデモクラシーの聖典という評価が定着してゆくことになる。

2.『第十八代大統領!』とアメリカ政治の現実

しかしながらホイットマンの評論を仔細に検討すると、彼の民主主義に対する考え方は『草の葉』においてアメリカの民衆を讃えた素朴なアメリカ礼賛と必ずしも一致しないのである。『草の葉』の翌年に出版された『第十八代大統領!』(*The Eighteenth President!*)、また『民主主義の展望』(*Democratic Vistas*) 等の論文において示されたホイットマンの民主主義論は、明らかにアメリカの現状を憂いた嘆きに満ちている。これはいったい何を物語るのであろうか。民主主義の唱道者としてのホイットマンを理解するためには、『草の葉』において歌い上げたアメリカの民衆賛歌と、散文等において披瀝した、嘆きに満ちた民主主義論の間のギャップ、すなわちアメリカ民主主義に対する極端に異なる二つの見解がホイットマンの中に同居しているという矛盾を解明することから始めなければならない。

『第十八代大統領!』は『草の葉』が出版された翌年の一八五六年に出版された。したがって『草の葉』が書かれた背景は、この評論を読むことによってある程度うかがい知ることができるのである。この著作は一八五六年の第十八代大統領選挙を意識して書かれているのであるが、ホイットマンはこの中で民主党の候補者ジェイムズ・ブキャナンとホイッグ党の候補者ミラード・フィルモアに言及し、これらの候補者を完膚なきまでにこき下ろしている。

まずホイットマンは「国民とは誰か」と問いかける。そしてアメリカはヨーロッパとは異なり、国王と貴族・地主階級が存在しない国家であることを指摘し、アメリカにおける国民とは、「職工、農民、その他あらゆる労働者の大群」であることを確認することからこの評論を始めている。しかしながら、現実の政治は国民をないがしろにし、千人の中の一人の政治家といえども民衆の利益のために努力をしている者はなく、ただ党利党略のために動いているにすぎない。

続けてその鋭い筆法を十九世紀中頃の合衆国の政治腐敗に向けつつ、その腐敗の源泉が大統領と大統領権限による任官制度であることを指摘する。いわゆるジャクソン政権から始まったと言われるスポイルズ・システム（猟官制度）の弊害が糾弾されているのである。

民衆の守護者であるはずの者たちが、どれもこれも裏切り者であり、自分の利益のみを求め、自分の党派の後押しだけに気を配っている。大統領職も含めて、官職は買収され、売却され、選挙運動の目的となり、売春させられ、売春婦で満ちている。（中略）万を数える官吏とその党派に寄生する連中が、政治のあぶく役得以外のことは何も知らずものの原則、人間の真の栄光には未

知なるままに寄り集まっている。（傍点筆者）

実際この時代のスポイルズ・システムが腐敗の極みに達していたことは、多くの歴史学者の指摘するところでもある。サムエル・モリソンは、「情実によるスポイルズ制度は連邦政府の官庁の床掃除の女にまで及んでいた」ことを指摘している。この制度の弊害に気づいて改革案のペンドルトン法が提案されるまでに五十年以上の歳月を要することになる。したがって、この時点で改革案が提唱されるどころか、選挙運動はスポイルズ・システムがあるがゆえにますます盛り上がったのである。

多くの政治屋や利権屋たちにとって、官職を手に入れるための手っ取り早い方法がこの制度であった。選挙は、民主主義の理念の実現のための方法などという崇高なものではなく、官職獲得競争であり、勝利を収めた者がすべてを獲得する、欲望実現のための官職総取り合戦であった。官職は党利党略のための格好の手段であり、政党が選挙活動家にばらまく、おあつらえ向きの餌であった。選挙運動に情熱を注ぐのは、ただひとえに自己の野心を達成するためだけであり、スポイルズ・システムは選挙民と政治屋にかれらの野心と欲望を満たす格好の動機を与えたのである。

政党政治の弊害はこの制度の中に凝縮されており、しかもそれが「庶民の時代」の大統領であるアンドルー・ジャクソンから出発している点を鑑みると、「庶民の時代」のアメリカの民主主義が表向きの民主主義礼賛の政治とはほど遠く、どれほど愚劣なものに堕していたかは容易に想像できよう。

ホイットマンが『草の葉』そして『第十八代大統領！』を世に問うた一八五〇年代は、アメリカ合衆国始まって以来のもっとも緊迫した時代であり、特に「奴隷制」は緊急の対応が必要な一触即発の状態にまで達していた政治的な課題であった。当時カンザス州の連邦編入に伴い、それを自由州にするか奴隷州にするかをめぐって国論を二分する大議論となっていた。ホイットマンはこの問題を取り上げ、次のように語りかける。

南部諸州の若者よ！　では、奴隷制廃止論者という言葉は、そんなに憎らしいものなのか。諸君は、ワシントン、ジェファソン、マディソン、またすべての偉大な大統領や建国の戦士や賢人が、すべて公然と奴隷制廃止論者であったことを知らないのか。

若者よ！　アメリカの職工、農民、船乗り、工員、北部と同じく南部のすべての労働者よ！　諸君が奴隷制度を廃止するか、さもなければ奴隷制度が諸君を廃止するか、道はひとつだ。

三五万人の奴隷所有者へ！　諸君がカンザスを手に入れたとして、それでことが終わると思うか。諸君と政治屋どもがブキャナンを第十八代大統領に、あるいはフィルモアを大統領に選んだとして、それで事が終わると思うか。

結局、合衆国の問題は、大統領が国家・国民を第一義として捉える政治家（statesman）から、政党の一部のグループの利益を優先するために権謀術数をめぐらす政治屋（politician）に零落してしまったことにあると断罪する。ブキャナンやフィルモアを支える連中はどのような人物たちかを語るにあたって、ホイットマンは思いつく限りの罵詈雑言を浴びせかけるのである。

公務員、猟官者、盗人、女衒、排他主義者、不平家、陰謀家、人殺し、女のひも、郵便局長、税関の書記、請負師、御用編集者、公共事業を食いものにする政商、不信心者、分離主義者、テロリスト、郵便強盗、奴隷捕獲人、スパイ、ほら吹き、……内は下卑た病気にただれ、外は民衆の金と娼婦の金とをより合わせて作った金鎖で飾りたてている吹き出物だらけの男、はいつくばった蛇のような男、……

ホイットマンが父親の代から熱烈な民主党員であったことは知られているが、相手陣営のフィルモアのみならず、支持政党である民主党の候補者ブキャナンまでも徹底的に罵倒している点に、ホイットマンの憤りの激しさがうかがえる。あらん限りの下卑た言葉を使って、当時の政界を露骨に批判するホイットマンの語調は、子供の喧嘩の悪口に似てなくもない。奴隷制度をめぐってのっぴきならない事態にアメリカが突入しようとしていたため感情的に激高していると考えるべきか、それとも意図した効果を狙ってのことか判断しがたいが、ホイットマンはこの評論を次の言葉で結んでいる。

二人の堕落した老いぼれ分離派政治屋、六〇年以上も歳経た腐りかすを指名するのに、今は絶好の時だというのか！　二人の死せるむくろが、地上をあちこちさまよい歩き、虚弱さと遺骨によって、誇り高く、若々しく、親しみがあり、元気で雄々しい、三、〇〇〇万の生ける電撃のような国民を導くのに、絶好の時だというのか！

3．『民主主義の展望』とアメリカ庶民の実態

『第十八代大統領！』から十五年後、一八七一年に書かれた『民主主義の展望』はホイットマンが五十二歳のときに書かれた評論であり、すでに南北戦争も終結し、奴隷制度は廃止されていた。これら二つの評論を比較すると、後者は比較的に冷静な語調でしかも論理的にホイットマン自身の民主主義観が語られている。ただ注目しなければならない点は、ホイットマンの語調が冷静で論理的になっている反面、批判の矛先が政治屋とそれを支える一部の取り巻き連中から、アメリカの一般庶民にまで拡大している点である。

一八五六年の『第十八代大統領！』において、ホイットマンはアメリカ合衆国の政治に携わる人々に対して痛烈な非難を浴びせたが、一方で職工、農民、工員といった、いわゆる労働者としての庶民層には暖かいまなざしを投げかけ、それなりの信頼を置いていたように思える。彼の憤激はアメリカの政治が政党を牛耳る一部の政治屋たちによって支配されていることに対する怒りであった。

しかしながら、十五年後の『民主主義の展望』においてホイットマンは批判の矛先を政治屋と利権屋のみならず、アメリカにおける普通選挙という民主主義の根幹にかかわる政治制度にまで拡大し、

アメリカの問題点を洗い出しているのである。ということは、南北戦争後のアメリカ社会においても、ホイットマンが戦前に懸念していた政治屋の暗躍、それを取り巻く利権屋の横行、そして奴隷制に伴う諸問題等は一向に解決されなかったということである。南北戦争後のアメリカ社会においてアメリカがそれまで抱えていたさまざまな問題は解決されるどころかいっそう拡大し、それは一般庶民のレベルにまで達していたと考えるのが妥当であろう。

ホイットマンはまず『民主主義の展望』を著したその理由から語り始める。

わたしは合衆国における普通選挙に伴うおそるべき危険を言葉巧みにごまかす気持ちはない。実際、まさにこういう危険を認めてその危険に立ち向かうためにわたしは書いているのである。民主主義への確信や憧れと、一方では民衆の粗野、悪徳、気まぐれとのあいだで一進一退する争いで荒れ狂っている、まさにそういう考え方に取り付かれている彼あるいは彼女を相手にして、私はこの評論を書いているのだ。（傍点筆者）

ホイットマンは『第十八代大統領！』において一般大衆に基盤を置く民主主義に寄せる信頼を表明したが、その一方でその十五年後には、意外なことに普通選挙法が拡大されたことに対して素朴に喜びを表明してはいないのである。むしろそのことに伴う危険性を率直に認めている。それというのも、民主主義の卓越性を信じ、「アメリカという言葉と民主主義という言葉は相互に転用できる述語である」と言い切ったホイットマンではあるが、その反面、一般大衆の抱える問題点を認識せざるをえない状況をいたる所で目撃していたからにほかならない。

男子普通選挙法は西部の開拓地から準州に昇格し、連邦に加盟しようとしていた地域においてはごく普通に容認されていた法律であった。(ちなみに婦人参政権は、アメリカにおいてさえ一九二〇年まで待たなければならない。)たとえば、十九世紀の初頭、各州において選挙資格条項から財産条項が削除され、男子普通選挙が実施されつつあった。独立当初の十三州の中でメリーランドとニュージャージーの二つの州は特に早くから普通選挙を実施していた。独立時の十三州の中でもっとも保守的であったといわれているニューヨーク州でさえ、一八二一年には州憲法を改正し、選挙権の条項であった財産条項を撤廃し、普通選挙法を実施している。納税規定は残っていたが、それも一八二六年には廃止している。とりわけ新しく連邦に編入された中西部の州においてこの傾向は著しく、一八〇三年に州に昇格したオハイオ州はまだ納税規定が残っていたが、イリノイ州、インディアナ州においては、連邦に編入した時点から白人成人男子に対しては何の資格制限規定もなかった。

このように誰もが何らかの土地を簡単に手に入れることができた中西部の開拓地においては、財産条項などまったく何の意味も持たなかった。それほど国民の平準化、平等化が急速に進行していたのである。アメリカ社会の平準化は、フランスから視察に訪れたアレクシス・トクヴィルの言葉を待つまでもなく、十九世紀アメリカに着実に、しかも急速に進行しつつある現象であった。

では一体ホイットマンは、急速に平準化するアメリカ社会の何を問題としたのであろうか。十五年前に大統領も含めた政治屋たちを罵倒した際の怒りは、なぜ一般大衆にも向けられることになったのであろうか。ホイットマンは「民主主義というものは芸術、詩歌、学派、神学についての民主主義の形式を確立し、それが豊かに成長して、その結果、現存するすべての形式に取って代わるようになって初めて文句のつけようのないものになる」と主張する。つまりここでホイットマンは民主主義の成熟度を問題にしているのである。民主主義が単に政治制度として存在するだけでは民主主義とは言えないのであり、芸術、詩歌、神学等の分野においても、民主主義にふさわしい形式を作り出す必要があることを説く。

さらに続けて「今日の文明にあっては、あらゆる芸術に文学が君臨し、すべてのものよりもはるかに役立っていること――協会や学校の性格を形づくっているということ――この事実は否定できない」とし、しかも文学が芸術の中心的形式であることを強引に導きだす。さらに文学の中でも、一国の国民感情を表現するものは詩であり、詩こそがアメリカ的性格、すなわち民主主義を表現するのにもっともふさわしい形式であるとする。いくぶん我田引水の感がしなくもないが、ホイットマンにとっての詩は民主主義の理念を表現するための不可欠の形式であった。したがって、アメリカの根本精神、つまり民主主義を表現する形式をいまだ持っていないことがアメリカの抱える致命的な問題に映ったであろうことは容易に想像できる。

ではホイットマンにとって大衆の何が問題であったのであろうか。彼はそれを大衆の人間性であるとする。特にニューヨークでは「店でも、街路でも、教会でも、劇場でも、酒場でも、役所でも、いたる所において、軽佻浮薄、おまけに俗悪、卑劣、不誠実」が充満しており、「いたる所、異常な淫蕩さ、不健康な格好ばかりで、男といい、女といい、みな塗りたくり、詰めものをし、髪を染め、泥のような顔色、悪い血液、良き母親としての資格はなくなりかけているか、美しさについての考え方も浅薄」とホイットマンは酷評する。その結果アメリカの風俗は「世界でおそらくもっとも浅ましい姿を呈している」と語り、大衆への嘆きを吐露する。なにやら現代の日本にそのまま当てはまると思われなくもないが、大衆に対するホイットマンの信頼は十五年の間に期待から失望へと大きく振れてしまった。

つまるところ大衆は「粗野、悪徳、気まぐれ」であり、放っておけば私利私欲に走り、道義性とか理念をいとも簡単に捨て去ってしまう。その結果がアメリカ社会の隅ずみに、上はワシントンの役所から下は地方の郵便局長から酒場の店主にいたるまで、「腐敗、賄賂、虚偽」が蔓延することになるのである。アメリカにおいては上流階級でさえも「流行の衣装を身にまとった山師や成り上がりの群集にすぎない」と断罪する。このような状態を引き起こした原因についてホイットマンは次のように指摘する。

われわれ「新世界」の民主主義なるものは、なるほど民衆を泥沼から引き上げたという点においては、物質的な発展、生産という面においては、またある種のひどく欺瞞的でうわべだけの通俗的な知性の進歩という面においては大きな成功を収めえたかもしれないが、また一方では、その社会的な諸側面、つまり真に偉大な宗教的・道徳的・文学的ないし審美的な成果ということになると、ほぼ完全な失敗に終わったというのが現状なのである。

ホイットマンの結論の中に、当時のアメリカ民主主義の抱える問題点が明確に示されている。つまりアメリカの民主主義は物質的な豊かさという点においては大きく貢献し、それなりの役割を果たしてきたが、その反面、道徳性、精神性、宗教性という目に見えない審美的な観点においてはお粗末な状態にあることをホイットマンは指摘している。問題は物質的な繁栄と精神性の向上のバランスであるといった方が分かりやすいかもしれない。物質的な豊かさのみが追い求められ、精神性や道徳性がおざなりにされた結果、アメリカ社会は未曽有の混乱状態の中にある。そのような状態を生み出した直接の原因が民主主義であるとの結論を下す。ホイットマンにとってそれは偽善以外の何物でもなかった。

4．宗教的民主主義

ホイットマンはこのような民衆に対して、そして道徳性、精神性、宗教性を失いつつあるアメリカ社会に対してどのように対処しようとしたのであろうか。実はこのことはアメリカの民主主義とホイットマンの『草の葉』を論じる際にたいへん重要な意味を持っているように考えられるのである。アメリカ民主主義を蝕んでいる病理をホイットマンは「社会は蝕まれ、がさつで、迷信にかぶれ、腐りきっている」とし、なぜなら「道徳的良心の要素、つまりもっとも重大なもの、いわば国家にとっても個人にとっても背骨となるものが、その活力をまったく失っているか、ひどく衰弱しているか、あるいはいまだ未成熟のいずれか」であるからだ、と診断する。したがってこのようなアメリカ民主主義社会の民衆に対してホイットマンは人間性を変えることから始めようとするのである。

新世界のアダムを再教育することによって、つまり民主主義の制度とそれを動かす人間に民主主義の魂を再注入することによって、うわべだけの俗っぽい知性を退け、真の民主主義を担うにたる高貴な精神を涵養できると主張するのである。さらにもはや教会や宗教がかつての権威を持つこともなく単なる慣習と堕し、明らかに機能しなくなったからには、この再教育という大事な役割を担うのは審美的な目的を達成するのにもっとも適した芸術を措いてほかになく、その中でも特に文学であり、文学の中でも中心的な役割を担うのが詩歌であるとする。

ホイットマンの主張の核心は、端的に言えば、民主主義はすべてその担い手である民衆に依存しているのであり、合衆国の現在の混乱状態は民衆の道徳的、審美的水準の浅薄さから生じている。したがって民衆の道徳的、審美的な水準を高めることによって克服できるとしていることである。

教育することによって人間性を変えることができると信じている点において、ホイットマンは明らかに合衆国憲法を制定した建国の父祖たちとは異なっている。合衆国憲法の父と呼ばれるジェイムズ・マディソンが「人間が天使のごときものならば、政府が存在する必要はないはずである」と主張したように、建国の父祖たちはとうてい不可能であると信じたがゆえに、人間性を変えて理想的な体系に適合させようとすることだけは決してやろうとしなかった。人間性を変えることは利己的な欲望を人間から消し去ることと同様に至難の業であるという認識が建国の父祖たち共通の考え方であった。したがって人間性、特に悪しき欲望を制度という枠組みを使って飼いならすしかない、制度という水路を使ってよい方向に導くしかないと考えたのである。その水路が合衆国憲法として結実したのである。

同様に、クーパーもまた人間を生まれながらの体質や性癖から解放して、はるか高みに据えようなどというもくろみに対しては信頼をおくことはできなかった。建国の父たちもクーパーも共に人間性に関しては現実主義者であった。

一方、ホイットマンは合衆国憲法という水路に敬意を払いつつも、その水路を流れる水そのものを問題としているのである。水路を流れる水が汚水であるならば、それを濾過して清い流れにすればよいと考えたのである。人間性を教育によって向上させることができると信じている点において、きわめてロマン的な心情の持ち主であった。

ホイットマンは、制度があるにもかかわらずそれがうまく機能しないのは人間性に問題があるからであり、アメリカ人が規範を失い、合衆国憲法という制度にふさわしい人格を形成できないがゆえに問題が生ずるのであるからして、道徳的な人格を涵養しなければならないとする。そのために宗教の領域にまで高められた民主主義の理想を民衆に注入しなければならない、そしてその理想を歌う詩人こそがその役目を担うにもっともふさわしいと主張する。

民主主義を宗教の領域にまで歌い上げることに成功したときにこそ、民主主義は既存の宗教に取って代わりうる。アメリカの民主的な風景、「その富、領土、工場、人口等」あらゆる物質文明に生命の息吹を吹き込むものが「宗教的民主主義」であり、それが効力を発揮して初めてアメリカの民主主義は完成の域に達するとしているのである。

ホイットマンはアメリカの民主主義がまだ未成熟の状態、いわば乳飲み子の状態のままであるとの前提に立ち、この乳飲み子を教化育成することによって問題が解決できると信じていた。民主主義の問題の解決をこれからの世代、つまりアメリカの未来に託したとも言えよう。民主主義という枠組みは出来上がったが、肝心なのはその枠組みを満たす中味であるとする。中味、すなわち民衆に問題がある限り、枠組みがたとえどんなに優れていても、豊かに実を結ぶことはありえないと主張する。喩えていうなら、アメリカの民主主義は、「仏像作って魂入れず」の状態であり、肝心の要となる民主主義の精神が欠落していては、正常に機能することにならないということであろう。

新世界アメリカにふさわしいアメリカ的原理に基づく民主制度を支えるに足る魂が欠如しているために、アメリカの民主主義は道義性を失い、堕落への道をたどらざるをえなかった、とホイットマンには思えたのである。ホイットマンにとって、民主主義とは単なる制度の問題ではなく、きわめて道徳的かつ形而上的な問題であったと言えよう。

ホイットマンの論述は、繰り返しが多く、必ずしも論理的とは言いがたい。感情に任せて一気にまくし立てているとの印象を与える。しかしその勢いがホイットマンの迫力を生み出す源泉になっていることも否定できない。またホイットマンの使う「パーソナリズム（人格主義）」や「宗教的民主主義」などの用語もその意味するところを正確に理解することは容易ではない。『民主主義の展望』をあえて要約しようとすれば、それはおそらく「宗教的民主主義」に収斂してくるように思える。

普通選挙法によって拡大したアメリカ民主主義は道徳的な観点から見たときおおよそ満足できるものではなかった。なぜなら民主化した現実のアメリカ社会は、堕落と腐敗、悪徳と権謀術数のはびこるソドムとゴモラの地であり、ホイットマンの描く理想の民主主義社会とはあまりにも落差があったからである。したがって、ホイットマンは理想と現実の乖離を埋めるため、民主主義の理念をキリスト教と同じ宗教の領域にまで高めることで克服しようとしたと考えられる。民主主義を宗教の世界にまで高めることによって、衰弱した既成の宗教に代わって一般民衆を折伏、教化しようとしたのである。

ホイットマンは、みずから主唱する「宗教的民主主義」によって腐敗・堕落した民衆の人間性を善なる方向に導くことが可能であると信じたのである。いやむしろ理想的な体系にあわせて人間性をその根底から変えることができると信じる以外に、アメリカ社会の変化に対してなす術がなかったといったほうが的を射ているかもしれない。うがった見方をすれば、通常の手段では手のほどこしようがないために、神がかった「宗教的民主主義」という概念に頼らざるを得ないほど現実のアメリカの民主主義は堕落の極みにあったと言えはしまいか。

現実のアメリカのアダムたちはホイットマンの『草の葉』に登場する若者ほど無垢でもなく、純真素朴、天真爛漫でもなかった。むしろ狡猾で、したたかで、倫理性や道義性とは無縁であった。したがって『草の葉』においてホイットマンは民衆のあるべき世界を歌い、民主主義を支える理想的な魂のあり方をしたたかな民衆に示さなければならなかったのである。『草の葉』の世界は理想的な民衆による民主主義のユートピアを歌い上げようとした結果誕生したものといえよう。

ホイットマンが声高に理想の民主主義を標榜すればするほど、そして現実から遊離して神秘的な託宣に依存すれば依存するほど、逆に理想とは程遠いアメリカ民主主義の現実が垣間見えてくる。ホイットマンは『草の葉』においてアメリカの現実を歌ったのではなかった。預言者のごとく、あるべき民主主義の理想を歌ったのである。『草の葉』はこの意味において「デモクラシーの聖典」なのであって、民主主義の預言者は当然のことながら、民主主義の理想の実現をアメリカの未来に託さざるを得なかったのである。

引用文献

Emerson R.W. *Nature, Addresses and Lectures*. Boston and New York: Houghton Mifflin and Company, 1999.

Hofstadter, Richard. *The American Political Tradition and the Men Who Made It*. New York: Alfred A. Knopf, 1985.

Whitman, Walt. *Leaves of Grass and Other Writings*. New York: W.W. Norton & Company 2002.

大下・有賀他編『資料が語るアメリカ』有斐閣、一九八九年

亀井俊介『近代文学におけるホイットマンの運命』研究社、一九七〇年
紀平英作・亀井俊介『アメリカ合衆国の膨張』中央公論社、一九九八年
斎藤眞他編『ウォルト・ホイットマン』亀井俊介他訳　研究社、一九七八年
酒本雅之訳『エマソン論文集』（上巻、下巻）岩波書店、一九八一年
杉本・鍋島・酒本訳『草の葉』（上、中、下巻）岩波書店、一九八三年
サムエル・モリソン『アメリカの歴史2』西川正美翻訳監修　集英社、一九七六年

第四章　最後のブラーミン——ヘンリー・アダムズと歴史の連続性の崩壊

1. 南北戦争後のアメリカ社会と政治

一八六五年に北部の勝利で終結した南北戦争は、アメリカに劇的な変化をもたらした。奴隷制度問題が前面に出たために、南北戦争は奴隷制をめぐる南北の衝突のように思われがちであるが、事実は異なる。奴隷解放は戦略上設定された一種の政治的なスローガンの意味合いが強く、北部の本音はもっと現実的な問題であったことは、リンカーンの奴隷解放宣言が一八六一年の戦争開始時ではなく、戦時中の一八六三年に発布されたことからして明らかであろう。南北戦争勃発時において奴隷解放は戦争の第一義的な目的ではなかったのである。

では現実的な問題とは何であったのだろうか。それはプランテーションを主体とした農業を基盤とする南部と工業国家を目指す北部という二つの世界の価値観の衝突、言うならばアメリカ合衆国の未来をかけた争いであった。つまり南部の農本主義政策と北部の重商主義政策という経済的な路線の対立が根底にあったと考えた方が分かりやすい。北部が勝利を収めた結果、一八六五年以降のアメリカは北部の意向に沿った政策を実施し、着実に工業国家への道を歩み始める。すでに議会を通過していた一八六一年のモリル関税法を強化し、さらに一八九〇年のマッキンレー関税法により関税障壁をいっそう高くすることによって北部の重商主義政策が徹底されることになる。モリル関税法がなかったなら南北戦争は起こらなかったであろうと指摘する研究者もいるほどである。関税を課すことによって南部は高額な外国製品を購入せざるを得なくなるため、必然的にそれは実質上の財産の目減りを意味することになる。これは南部プランターにとっては死活問題であった。同時に憲法修正第五条に記された私有財産の保護を侵害する違法な措置と思えたに違いない。

しかしながら北部は一歩も譲らなかった。当時の外国製品、特にイギリスからの輸入物品に対する関税率から、北部がイギリスに対抗して自国産業を守るためにどれほど腐心したかを読み取ることができる。南部は従前の低率関税による自由貿易の維持を主張したが、南北戦争の結果、南部に不利になる関税法によって南部をめぐる不利な状況はますます強化され、アメリカは北部中心の保護関税国家へと突き進むことになる。モリル関税法に続く一八九〇年のマッキンレー関税法がイギリス製品に課税した関税率は、当時の欧州諸国と比較すると、アメリカが七二%で群を抜いた高率であることが分かる。ちなみにベルギーは十三%、ドイツは二五%、フランスは三四%であった。このような高率関税による保護主義政策の結果、十九世紀末にはアメリカはイギリス、フランス、ドイツを追い越して世界最大の工業国家にのし上がったのである。

しかし急激な工業化とアメリカ西部の開発に伴う社会のひずみが表面化するのにさほど時間はかからなかった。北部の凱旋将軍であるユリシーズ・グラントが大統領に当選し、二期八年間（一八六九―一八七七）合衆国大統領の地位にあったが、グラント政権下の醜聞は政治家や政府役人の倫理が頽廃の極みにあったことを如実に物語っている。グラント大統領自身は清廉であったと伝えられているが、彼を取り巻く無能な友人や知人、かつての部下であった軍人上がりの大臣はグラント大統領の名声を利用し、利権目当ての政治屋に成り下がっていたのである。その中でも、二人の悪名高い人物、ジェイ・グールドとジェイムズ・フィスクによる一八六九年九月二四日の金の買い占め事件は特に「暗黒の金曜日」として歴史に汚点を残している。

ニューヨーク株式市場を襲ったこの事件は、後世から「泥棒貴族」と呼ばれるようになる鉄道王ジェイ・グールドがニューヨークの相場師ジェイムズ・フィスクと共謀し、グラント大統領の義弟であるアベル・コービンと財務省に通じている政府高官を抱き込んだ株式市場の株価操作事件であった。ヘンリー・アダムズはこのような状況を、「十八世紀の疑獄事件最悪のものでさえ、この、行政府、司法府、銀行、大会社、専門職、そして一般民衆、つまり社会の有力な構成員のすべてを卑劣な腐敗の中で貶めた今度の事件に比べれば、相対的に害がないものだろう」「コロンブス以来、アメリカ政治がこれほど徹底して凡庸になったことはなかった」（『ヘンリー・アダムズの教育』第十八章）と酷評している。

このような状況が生み出された背景について、歴史学者C・バン・ウッドワードは三つの原因を指摘している。一つは南北戦争それ自体の後遺症で、戦争での殺戮等の残忍な行為に慣れた軍人や名もない一般人が、戦後に政治の世界に入り込み、権力の座に就くことが可能になったこと。これらの人物の中には賠償金請求者、投機家、政府補助金あさり屋、政府事業の契約者、詐欺師等が含まれていた。二つ目の原因は、戦後の西部と南部の無制限の開発のために、古くからの東部の倫理感が混乱に陥ったこと。三番目の原因は、ウッドワードによれば、アメリカの産業の急激な勃興であり、それが国家の規範と価値観を根底から崩壊させてしまったのである。

2. 金メッキ時代と民主政治の現実

マーク・トウェインとチャールズ・ウォーナーによる『金メッキ時代』（*The Gilded Age*, 1873）はこの時代を扱った諷刺文学として知られているが、時代の雰囲気を如実に物語っているので、いくつかエピソードを紹介しよう。トウェインはこの中で「コロンバス川改修航行会社」と称する会社の社長に政府の補助金をせしめる有効な方法を次のように語らせている。

議会の政府特別支出金が通過するには、金がかかるものだ。まあちょっと考えてみたまえ。下院委員会の過半数の議員には、およそ一人当たり一万ドル、つまり四万ドルだ。上院委員会の過半数にもそれぞれ同額で、まあ四万ドルだ。そういった一人か二人の委員長には少し余分に、まあそれぞれ一万ドル、つまり二万ドル。するともう初めから十万ドルの金がなくなる。それから七人のロビイストに一人三千ドルとして二万一千ドル。女性ロビイストの一人に一万ドル。堅物の下院、上院の先生方があちこちにいらっしゃるが、こういう先生方はもっと金がかかるのだよ。というのは、この先生方が法案の順位を付けるからね。まあ十人いるとしてそれぞれ三千ドルとして三万ドル。それに田舎出身の下っ端議員どもがわんさといて、金を動かさなければ投票しない連中が約二十人。一人五百ドルとして一万ドル。議員たちに何回となくふるまう夕食代が、まあ合計で一万ドル。議員の奥方や子供たちに贈る値の張らない品物をふんだんに、これがやがて功を奏するから、この手の金は使っても使いすぎることはない。こういうものを一括すると合計で一万ドル。(第二八章)

政府から補助金を獲得する一番有効な手段が政治家や政府役人への賄賂であったことが面白おかしく語られている。トウェイン一流のほら話の性癖を少々割り引かなければならないとしても、ここから、当時の公務員や政治家の倫理はあってなきが如しで、民主主義の理想とは程遠く、相当俗悪であったことが容易にうかがい知れる。

またワシントンDCの下宿屋で宿泊を申し込むと、まず国会議員であるかどうかを尋ねられ、国会議員の場合、満室であると断られる事例が紹介されている。なぜなら国会議員の身柄と財産は逮捕や留置から免除されているために、宿泊代を踏み倒して地方に戻ってしまう議員連中が数多く存在していたからであるという。国会議員はもはや紳士であるとは言い難く、西部の開拓地から這い上がってきた詐欺師まがいの、いかがわしい人物たちが大勢ワシントンを闊歩していたことが痛烈に揶揄されている。

さらに、そのような輩が選挙民の一票を獲得するために、議員特権を利用して、ありとあらゆる利益誘導のための手練手管を使うことはいずこの国も然り。合衆国の首都で仕事に就くには国会議員の情実、もしくは縁故に頼るしか術がなかったことが次のように描かれている。

ワシントンで遭遇する人のほとんど——それに、官庁の部局長からぐっと下方の官庁の廊下を掃除するメイド、公共のビルの夜警、官庁の淡壺洗いの黒人の少年に至るまであらゆる個々の役人——が政治の権力を代表していることである。それゆえに、もし諸君が上院議員か下院議員、省とか部局の長に紹介してもらって、その人の「力」を貸してもらえるように説得できなければ、ワシントンではごくつまらない勤め口さえ見つけられない。ただ単に、長所、適性、能力があっても、そういう「力」がなくてはそれらは無用の長物に過ぎない。(中略)仮に読者諸氏が国会議員だとしよう。諸君の選挙民の一人が助けを求めて頼ってきたら、諸君はその者をとある省に連れて行き、こう言う。「この者に時間つぶしに何か仕事をしてもらえ、それに給料も出すのだ」と。これでこの件は終わる。国の役目として押し付け、国の民だ、国が面倒を見たらいいのだと決めつける。ワシントンの周辺には、そういう善意と母性溢れる所、つまり、ろくでなしのため

の慈悲深い巨大国立保護施設があるのである。（第二四章）

国の施設は「善意と母性溢れる所、つまり、ろくでなしのための慈悲深い巨大国立保護施設」と語るに及んで、トウェインの諷刺は頂点に達しているように思える。国会議員あるいは大統領の利権よって誕生した、国に寄生するダニのような存在を国が税金で保護しなければならないことが「スポイルズ・システム」（猟官制度）の終着点であるとするなら、アメリカの民主主義がどれほど愚劣なものに堕していたか容易に察しがつくであろう。

そもそも合衆国のスポイルズ・システムは、「コモン・マン（庶民）の代表」として一八二八年に大統領に当選したアンドルー・ジャクソンの政権から始まったと言われている。過去との決別を主張して当選したジャクソンが行ったことは、政府の役職の再配分であった。アパラチア山脈以西の中西部出身の最初の大統領ジャクソンがホワイト・ハウスに着任した一八二九年、大統領任命職の六一二のポストの約六十％に当たる三五二人の役職が交代させられたと伝えられている。制度の改革と効率化が表向きの理由であったが、本音はまったく別のところにあったことは明らかであろう。マサチューセッツ州とヴァージニア州を中心とした東部エスタブリッシュメントが牛耳っていたそれまでの連邦政府から関係者を追放し、支持者への見返りとして政府機関の役職をばらまいたのである。それはジャクソン革命と呼ぶことも可能な、一種の革命にも等しい変化であったかもしれない。

当然のことながら、これらの中には世間の顰蹙を買うようないかがわしい人物が大勢含まれていた。

その中でも悪名が高かったのは、ジャクソンを当選させるために奮闘したニューヨークの相場師サムエル・スウォートワウトなる人物で、彼はニューヨーク港の収税官のポストを射止め、あげくの果てに公金百万ドルを横領したのである。さらに極めつけは当時連邦政府の最大の機関である郵便局である。アメリカでは大統領が変わると田舎の郵便局長まで交代すると言われるが、これは当たらずとも遠からじ。一八二九年に一年間で四二三人の郵便局長が職を追われた記録が残っている。

表向きは「庶民の時代」ともてはやされたジャクソニアン・デモクラシーであるが、その実態は、一皮むけばいわゆる凡庸な庶民の官職あさりのためのデモクラシーであったと言っても言い過ぎではない。サムエル・モリソンはこの間の事情を次のように記している。

第一次ジャクソン内閣は、国務長官マーチン・ヴァン・ビューレンを除いて、凡庸な寄せ集めだった。注目すべきはヴァージニア出身者とニューイングランド出身者は誰も入っていなかったということで、これは初めての事態だった。ジャクソンの人選は、西部および中部諸州の民衆の政府権力への上昇と、ヴァージニア王朝とヤンキーに対するあからさまな拒絶をかなり端的に示したものであった。（『アメリカの歴史』第二六章）

ジャクソンの治世は庶民の時代を象徴するデモクラシーの時代として持ち上げられてきたのであるが、その実態は、権力の中心がマサチューセッツ州とヴァージニア州中心の東部から西部に移動することによって引き起こされた混乱の時代であった。前述したようにジャクソン大統領はアパラチア山脈以西から当選した最初の大統領であるが、権力の中枢が東部エスタブリッシュメントから西部のいわゆる「庶民」に移動することによって、ワシントンの政治は、従来の政治とは全く異なった様相を呈しはじめた。極言すれば、ワシントンDCは名望家政治の舞台から庶民による官職あさりの舞台へと変化してしまったのである。

ジャクソン政権下のアメリカを一八三三年に見聞したフランスの政治家アレクシス・トクヴィルが「民主的政治の本質は多数者の絶対的な権力にある。……この国では、多数者はまことに大きな権威を持つ」と指摘した通り、民主主義の名を借りた「多数派の横暴」の時代であったとも言うことができる。ジャクソン政権から始まったこの悪弊をリンカーンもうまく利用していたことはよく知られていることからして、スポイルズ・システムは当時はごく当たり前の政治的慣習であったといえよう。

南北戦争後のグラント大統領を経て、この制度は一八八一年のガーフィールド大統領の暗殺後まで続くのであるが、ガーフィールド大統領の暗殺はまことに低俗な理由から引き起こされた。ガーフィールドが大統領に就任した四ヵ月後、選挙の論功行賞をめぐって希望したポストにありつけなかった共和党員が、その不満を直接大統領にぶつけた結果であった。

さすがに大統領暗殺を引き起こしたスポイルズ・システムそのものに対する批判が高まり、従来の情実や縁故による任官制度への反省は、ペンドルトン議員の一八八三年の「公務員任用規則法（通称ペンドルトン法）」の制定となって結実する。スポイルズ・システムの規制を開始するために大統領の生命を犠牲にする必要があったということは、裏返せば民主主義とスポイルズ・システムは表裏一体の関係にあり、この制度がワシントンの政治にどれほど深く食い込んでいたかの証左でもある。ベンジャミン・ハリソンが第二十三代大統領に就任した時、「私が権力を握った時には、すでに党のボスたちが自分たちで（官職を）全部分けてしまっており、私は自分の閣僚さえ指名できなかった。選挙費用を捻出するために彼らが官職をすべて売り払っていたのだ」と語っている。

この時代のワシントンの官職をめぐる風潮をサムエル・モリソンは次のように書いている。

情実によるスポイルズ制度は連邦政府の官庁の床掃除の女にまで及んでいたのだ。もちろん官庁の役人が全員そっくりそのまま入れ替わるというわけではなく、仕事を知りつくした多数の公務員が職場に残っていたが、しかし、一般的に言って、中央の連邦政府の官庁は、現在行っている不正ゆえに将来首になることを予期せずにはいられないような部類の人間がひしめいていた。選挙における貢献度で定期的に勤務評定を受ける連邦政府の役人が、政治活動に勤務時間の多くを費やすのは当然だった。（『アメリカの歴史』第四五章）

公務員が政治活動を行うのは当時の常識であった。選挙運動を行った結果、当選した暁には運動員がその論功行賞として、官職の提供を受けるのは日常茶飯事のことであった。「選挙における貢献度が勤務評定」であるからして、選挙を目指して活動するのは政府役人にとってはごく自然な発想であったと思われる。つまり官職は、民主党と共和党の政争の具に使われたのであり、党員にばらまくための格好の餌であったのだ。それぞれの党員は連邦政府の何らかのポストを手に入れる目的で選挙運動を行ったと言っても過言ではないだろう。極めつけは、民主党のクリーブランドが大統領に当選した時であった。それまで過去二五年間共和党員に奪われていた官職のうち八八％と全国の郵便局長のほぼ全員の首を同時に挿げ替えたと言われているのであるから、ただ啞然とするしかない。

連邦政府にしてこのような体たらくであるから、州政府においては一般住民との関係が密接であるだけに、この悪弊はさらにしぶとく生きながらえることになる。特にニューヨークの民主党のマシーン（集票機関）であるタマニー・ホールは、驚くべきことに一九三〇年代までニューヨークの市の政治を実質上支配していた。ヨーロッパから大量に流入していた移民の票を支配したタマニー・ホールのボス、ウィリアム・ツィードは一八七一年、市の公金一億ドルを横領した上に、州の最高裁判所の判事たちを買収したことが明るみになった。またシカゴにおいては党派のマシーンによる市政の支配がさらに一九七〇年代まで続いたと言われている。

このようにアメリカの歴代政権にまつわる醜聞を列挙すれば限りがなくなるほどである。確かにジャクソン政権に始まる十九世紀アメリカ民主主義の歴史は、表向きは民衆の政治参加が拡大した民主化の時代であるが、その実態は党利党略に基盤を置いた、根の深い汚職と腐敗の歴史でもあり、公徳心のかけらも持たない「凡庸な庶民」のやりたい放題の歴史であったと言っても過言ではない。

3. ヘンリー・アダムズと『デモクラシー』

さて歴史的な背景についての前置きが長くなったが、マーク・トウェインの『金メッキ時代』から七年後の一八八〇年三月、作者名が伏せられた衝撃的な作品、『デモクラシー：あるアメリカの小説』(*Democracy: An American Novel*) がニューヨークのヘンリー・ホルト社から出版された。なぜ作者の名が伏せられたかは一読すれば明らかであった。当時のワシントンの政界を描いたこの物語の登場人物が、実在の政治家を容易に想起させるため、また同時に彼らを痛烈に諷刺しているため匿名で出版せざるをえなかったのである。「あるアメリカの小説」との副題が示しているように、「小説」という形態を採っているからには当然、登場人物はすべて虚構であることは大前提のはずであるが、この物語は実在の人物と思しき政治家を容易に想起させる点において虚構の枠を超えてしまっていたのである。

作者がヘンリー・アダムズであることが公表されたのは、アダムズが死去した二年後の一九二〇年のことであった。なぜ匿名であったかは、出版を引き受けたホルト社のヘンリー・ホルトの次の言葉からも明らかであろう。「作品の人気を心配したというよりも、登場人物の何人かは友人でもあり、現存する著名な人物をモデルに描かれており、しかも皮肉をこめて面白おかしく書かれているためだ」とアダムズ自身が説明したうえで原稿を渡されたと、ホルトは語っている。

一種の暴露本であるこの小説はアダムズの作品の中ではよく売れた作品であり、出版後二ヵ月を経過した一八八〇年四月末には第二刷が出され、第九刷まで版を重ねている。この作品が、当時の連邦政府が国民よりも政党の党利党略のために動いているという事実、大統領にはさほど権力がなく実質上の権力は政党のボスが牛耳っているという事実、そしてその権力の基盤となっているものは政党が餌として有権者にばらまいた官職、すなわち前述したスポイルズ・システムであることなどを暴露した点において、民主主義という政治形態のあり方自体を批判していることは明らかであった。したがって、大西洋を越えたイギリスにおいて、もともとアメリカの民主主義に批判的であったトマス・カーライル、チャールズ・ディケンズ、マシュー・アーノルドたち文人が格好の話題としてすぐにこの作品に飛びつき、拍手喝采を送ったのである。

ヘンリー・アダムズ

さらに当時のグラッドストーン首相も高く推薦したため、イギリスでは誰もがそれを話題にするほどの評判になったと伝えられている。アメリカのみならずイギリスにおいても、当時の読書界の話題をさらったのである。

大まかに分類すると、この作品は三つの流れから成り立っている。最初の大きな流れは、ニューヨークに住む三十歳の裕福な未亡人マデレーン・リーが、アメリカを動かしている権力とは一体何であるのかを知ろうと思い立ち、徐々にその謎を解き明かしてゆくという一種の女性版教養小説の体裁をとっている。二つ目の流れは、ワシントンの政治を実質的に動かしているイリノイ州出身のサイラス・P・ラトクリフ上院議員の政治手法と政党政治の実態を糾弾することに向けられている。三番目の流れは、マデレーンを取り巻く登場人物たちの間で繰り広げられる愛と葛藤の物語、いわばメロドラマ的な要素が織り込まれている。これら三つの流れが交互に絡み合って物語は大団円に向かって展開してゆくのである。

したがって当然のことながら、物語はワシントンの政界を中心に展開する。年代は南北戦争終結からまだ十年程度しか経過していない一八七〇年代後半。マデレーンはニューヨークからワシントンDCに居を移す際に、彼女の求めるものがより高い教育であるならば、大学に身を投じてみてはどうかとボストンの友人たちから勧められる。それに対して彼女は次のように返答する。

ギリシャ語、ラテン語、英文学、倫理学、それにギリシャ哲学、次に何。正直に教えてちょうだい、それから何が生まれるの。あちらボストンは素晴らしい社会で、ビーコン通りの至る所に大勢の詩人やら学者やら哲学者やら政治家がいると思うわ。でもわたしたち（ニューヨーク）と大して違いはないと思うの。あなた方は成長して六インチになるけど、そこで成長が止まってしまう。どうして大木になり、陰を落とすようにならないのかしら。（第一章）

マデレーンが探し求めるものは、ボストンの学問の世界でもなく、ニューヨークの経済活動の世界でもなかった。巨大な陰を落とすまでに成長する大木、つまり想像を絶するほどの影響力を持つ政治の世界であった。「アメリカ的な民主政府の謎」の核心に到達することであったがゆえに、ワシントンDCに居を移したのである。アメリカ政治の中心ワシントンで彼女が知りたいと思ったのは、「四百万人の国民の利害の衝突」、「普通の人たちによって導かれ、規制され、支配されている政府のとてつもない力、そして活動している社会の機構」であった。つまり「権力（Power）」の所在とその機能が彼女の心を捉えて離さないものであった。

彼女は十二月一日、二十四歳の妹のシビル・ロスと一緒にニューヨークを後にしてワシントンDCに降り立つ。そして亡き夫のいとこにあたるヴァージニア出身の弁護士で、南北戦争に従軍した経歴を持つ四十歳のジョン・カーリントンがワシントンの政界の水先案内人を務める。物語が展開するにつれて、カーリントンは単なる水先案内人ではなく、非常に重要な役割を担うことになる。彼女の好奇心は「政府という機構がどのように機能し、それをどのような人物が支配している」かということであった。さっそく彼女の選挙区であるニューヨーク州出身の上院議員シュライアー・クリントンを通じてワシントンの社交界に身を投じ、上院議員の夕食会に参加する。マデレーンはさまざまな議員と接触し、一人ひとりの議員の値踏みをする。

議員一人ひとりを彼女のるつぼに入れて、酸と火を使って彼らを試験した。数人が試験にパスして、生きて出てきたが、多かれ少なかれ、るつぼの中で変形していた。彼女が不純物を見つけ出

したからだ。この試験の過程で、彼女の関心をひきつける性質を保持している者が全体の中で一人だけいた。（第二章）

彼女の試験にパスした議員は、ワシントンの政界で最も影響力を持つといわれているイリノイ州選出のサイラス・Ｐ・ラトクリフ上院議員であった。彼の立派な体軀と風貌のみならず、彼の演説が彼女の心を惹きつけたからでもあった。マデレーンは、ラトクリフ上院議員が彼女に関心を示すよう、巧みに、しかも思わせぶりに話しかけ、上院議員の関心をあおることに成功する。

このように物語はヒロインのマデレーン・リー、妹のシビル・ロス、弁護士ジョン・カーリントン、そしてラトクリフ上院議員の四人を中心に展開する。ワシントン到着後、数ヵ月もたたないうちにマデレーンの住居は、ワシントンの著名な政治家たちや外国の大使たちが集う一種の政治的なサロンの様相を呈してゆく。ラトクリフが足しげく通うようになるにつれて、彼がワシントン政界の大物であり、共和党の重鎮であることをマデレーンは知るようになる。ラトクリフ上院議員は彼女の目にアメリカ政治の最高の司祭に映ったのである。「彼はアメリカ政治の謎、つまり政治的な象形文字を解読する手がかりを備えていた」のだった。彼女は次のように思いめぐらす。

この上院議員を通じて政治家の手腕の深奥を測り、泥にまみれた河床から彼女が探し求めていた真珠、すなわち政治のどこかに隠されている神秘の宝石を引き上げたかったのだ。この男を理解したいと思った。彼の裏と表をひっくり返し、若い生理学者が蛙や猫を使うように彼を使って実験をしてみたいと思った。もし彼の中に美徳あるいは悪徳があるなら、その意味を見つけ出すつもりだった。（第二章）

しかしながら、マデレーンがワシントンの政界の事情に精通するようになるにつれ、現実の政治の世界は彼女が思い描いていたものとは異質のものであることに気付きはじめる。とりわけ大統領の就任レセプションに臨み、初めて接した大統領に対する彼女の反応は、アメリカの民主主義によって選出された大統領が失望以外の何物でもなかったことを示している。大統領夫妻が参加者全員に握手をしている光景を目にして、「おもちゃの人形の機械的な動きのように二人の右手は参加者の列に向かって差し出されていたが、二人の顔には知性のかけらも見られなかった」との印象を抱く。彼女にとってこの謁見は、「君主制の珍妙な猿真似であり、悪夢、あるいはアヘン患者の幻覚」に思えたのである。そして彼女は「これがアメリカ社会の終焉、その実現も夢も同時に終わることになる」と突如として確信する。

大統領夫妻に対する彼女の批判はとどまることを知らない。「二人の得意満面の姿を見ているとめまいがするわ。ホワイト・ハウスが火事になればいいと思う。地震になってほしいわ。誰かが大統領をつねって、夫人の髪を引っ張ったらいい」（第五章）と毒舌の限りを尽くす。泥だらけの河床から民主主義の真珠を探り出そうとしたが、その真珠はどこにも見当たらなかった。真珠への想いは彼女の淡い期待が生み出した幻想にすぎなかった。民主主義の現実は汚泥そのものであることを否応なしに認めざるを得なかったのである。

さらにラトクリフ上院議員の考え方を知るようになるにつれ、大統領も動かす力を持つ共和党の重鎮議員の政治哲学が、哲学と呼べるものではなく、極めて現実的な処世術にすぎないと思えるようになる。ラトクリフは政治に理念を持ち込むことは薄っぺらな道徳主義であるとみなしてほとんど共感を寄せることもない。また哲学的な政治に対する軽蔑を隠そうともしなかった。

マデレーンのサロンでの交流を通して、ラトクリフの人生哲学が徐々に明らかになってゆく。彼が求めたものは権力であり、大統領になることが目的であり、目的のためなら手段を択ばない人物であることがやがて判明する。初代大統領ワシントンについてカーリントンと議論を戦わすが、「ワシントンが現在のわれわれの大統領なら、われわれのやり方を学ばなければならない。そうしなければ再選されないだろう。われわれの社会が手袋をしたまま、長い棒で扱えるなどと想像するものは愚か者か理論家だけだ。もし美徳が我々の目的に応えてくれないのなら、悪徳に頼らなければならない。さもなければ敵が我々を追い出すだろう。これは現在同様ワシントンの時代においても真実であったし、これからも常に真実であるだろう」（第六章）とラトクリフは断言する。

ここでラトクリフが言及している「敵」とは対立する政党のことであり、政治の舞台は個人の政治家の理念などと無関係に、政党間の権力闘争の場に変貌していた。政党が存在しなかった初代大統領ジョージ・ワシントンの時代はある意味でのどかな古き良き時代であったが、十九世紀後半のアメリ力においては、政治を取り巻く諸条件が一変してしまっていたのである。

かくするうちに新任大統領の組閣の作業が始まり、ラトクリフは財務長官のポスト就任を打診される。彼は表向きはその役職に飛びつくでもなく拒否するでもなく淡々と受け入れる。しかし裏ではしたたかな心理作戦を展開し、新政府に対する共和党の権限を拡大するように策略をめぐらし、大統領から実質的な権力を奪ってしまう。官職候補者名簿の細部に関して大統領に実質上の権限を委譲させ、絶大な権力をふるいはじめる。権力とは連邦政府の官職のポストを差配する力、すなわちスポイルズ・システムそのものであることをラトクリフは長年の経験で知り尽くしていたのである。

マデレーンのサロンに姿を見せるワシントンの要人たちは、そのほとんどがラトクリフ財務長官のしたたかな野心に気づいていた。特に彼女の後見人ともいえる弁護士のジョン・カーリントンは、最初からラトクリフに対して何かしらのうさん臭さを感じていた。もちろんカーリントンの嫌悪感はラトクリフのきわめて現実的、かつ打算的な政治感覚に向けられたものであり、南軍の総大将リー将軍を友人とする父を持つヴァージニアの由緒ある家系のカーリントンにとって、イリノイ州出身の成り上がり者であるラトクリフの貪欲な権力への野心はとうてい受け入れ難いものであった。ところがそのような表向きの対立の背後に政治上の問題とは全く関係のない、マデレーンをめぐる恋愛感情の対立が隠されているのである。

カーリントンのラトクリフに対するうさん臭さは、不信感どころか敵対心にまで昂じていた。このあたりから物語はメロドラマの様相を呈してくる。マデレーンをめぐる三人の登場人物の三角関係ならぬ四角関係がこの物語のいわば伏線となっている。マデレーンに好意を寄せているのはラトクリフだけではなく、実はカーリントンもまたそうであった。同時にマデレーンの妹のシビル・ロスはカーリントンにひそかに好意を寄せているのであった。これら主要な四人の登場人物の愛と葛藤が、ワシントンの政治の世界を舞台にして同時進行しているのである。

カーリントンが自分に敵対心を持っていることを悟ったラトクリフは、この恋敵を遠ざけるために、マデレーンを通して財務省の法律顧問のポストを申し出る。マデレーンの歓心を買うことができると同時に、ライバルを自分の配下に置くことによって意のままに繰ることができるとの計算があってのことであった。しかしカーリントンはマデレーンの背後にいるラトクリフの意図を見抜き、その申し出を拒否する。しかし事はこれだけでは収まらなかった。ラトクリフは共和党のボスという影響力を最大限に駆使して、執拗に国務省の次官を動かし、カーリントンが猜疑心を抱かないよう用意周到にメキシコでの官職を手配する。もちろん国務省の人事であるから財務省長官のラトクリフが背後で糸を引いていることを疑う者など誰一人としていない。国務省次官がカーリントンの知人であったこともカーリントンに安心感を与えることとなった。ワシントンの政治の裏表を知り尽くした百戦錬磨のラトクリフにとってはいともたやすい策略であった。カーリントンはラトクリフが背後で糸を引いていることなど思いもつかず、南北戦争後零落した家のためにこのポストを受け入れ、後ろ髪を引かれる想いでメキシコに旅立つ。

好意を寄せるマデレーンを断念し、メキシコでの国務省のポストに赴任することを決意したカーリントンではあるが、唯一の懸念材料はマデレーンがラトクリフの本性を知らずに、ラトクリフの甘言に乗り、格好の餌食になってしまうことであった。シビルと相談の結果、カーリントンが遺産管財人として管理を依頼されていた文書から入手した秘密を暴露することを決意する。カーリントンを遺産管財人に指名していたのは、ワシントンでは名の知られた故サムエル・ベーカーというロビイストで、彼の残した文書を整理中にラトクリフに関する重大な秘密を見つけ出したのである。それは八年前に「大洋間郵船会社」が業務を世界中に拡大することに伴う政府補助金をめぐる審議案件であった。その案件が下院を通過し、上院に回された時の上院委員会の委員長がラトクリフだった。彼はその案件に反対しており、したがってその法案を意図的に握りつぶし、上院の投票にかけようとしなかった。郵船会社の社長はこの膠着状態を打開するためにロビイストのサムエル・ベーカーに打開策を依頼した。するとベーカーは十万ドルを準備するように助言し、この件に決着を付けようとした。案の定、二日後に法案は上院の投票にかけられて成立するのである。

このような一連の話の展開は、マーク・トウェインが『金メッキ時代』の中で取り上げた政府補助金申請のエピソードと見事に重なり合う。サムエル・ベーカーの妻の話では、確かにラトクリフ上院議員に合衆国無記名式債券で十万ドルを渡したとのことであった（ちなみに当時の上院議員の給与は年四千ドルであったというから、これは相当の金額である）。しかしながら文書はすべて破棄してあるうえに、物的証拠と言えるものは存在せず、カーリントンにとっても職業上知りえた情報を暴露することは規則違反になる。だがあえてそれを承知の上で、カーリントンはシビルに事の顛末を記した手紙を託したのである。ラトクリフとの結婚を思いとどまらせることができない場合、最後にその手紙をマデレーンに手渡すように因果を含めてのことであった。

一方、シビルの説得もむなしく、マデレーンはラトクリフの求婚を受け入れようとしていた。結局、シビルは最後の手段に訴えざるを得なくなり、カーリントンから託された手紙を読んでからラトクリフの求婚を考え直してほしいと涙ながらに訴える。マデレーンにとって手紙の内容は驚嘆すべきものであり、まさに青天の霹靂であった。その手紙を片手にラトクリフに真相の確認を迫るが、彼は党のためにやらざるを得なかったと最後まで言い逃れようとする。マデレーンは「私とあなたの間には越えられない溝があることが分かりました。あなたが大統領になることに疑いをはさまないけれど、あなたが何であれ、どこにいようと、二度と私に声をかけないで！」（第十三章）と語調厳しく彼に最後通牒を突き付ける。マデレーンは「民主主義は私の神経をずたずたにした」と言い残して、シビルと一緒にエジプトへの旅に出る。

4．ヘンリー・アダムズの政治哲学と金メッキ時代

作者ヘンリー・アダムズが作品の中で二人の登場人物に異なる政治哲学を投影していることは容易に見て取れよう。一人は弁護士ジョン・カーリントンである。彼はヴァージニア州の出身であり、父親が南軍の総司令官リー将軍の友人であったと記していることからして、南部の由緒ある家系の一員

として南北戦争に参加したことは間違いない。いうならばカーリントンはアンテベラム時代（南北戦争前の時代）の道徳律を体現していると考えることができる。南北戦争での敗北により今は零落してはいるが、彼の主張にはいわゆるノブレス・オブリージュを彷彿させる古き良き時代の貴族的な理想主義が色濃く反映されている。

一方ラトクリフ上院議員はイリノイ州ピオニア出身の田舎者で、通称「ピオニアの大草原の巨人（the Prairie Giant of Peonia）」と呼ばれている共和党の大物政治家である。風采は立派であるが、彼の最も苦手とするものは芸術、文学、歴史等の領域での議論であったとされている。つまり紳士が当然身につけておくべき一般教養を欠落していたのである。ブルガリア大使のジャコビー男爵はラトクリフがモリエールとヴォルテールを取り違えて議論していることに即座に気づき、アメリカの政治家の教養の浅薄さを愚弄する。しかしながらラトクリフにとって芸術や文学の議論は政治の世界においてはまったく無意味であり、何の価値もありはしない。彼が体現するものは権謀術数にたけた現実主義であり、政党政治という党利党略に基盤を置く新しい民主主義の姿である。

初代大統領ワシントンをめぐる議論でカーリントンと激しく対立するが、その議論の中で「我々の社会が手袋をしたまま、長い棒で扱えるなどと想像するものは愚か者か理論家だけだ。もし美徳が我々の目的に応えてくれないのなら、悪徳に頼らなければならない」と力説する。メフィストフェレスに魂を売り渡すファウストを想起させるこの発言の根底に、目的のためなら手段を選ばないという極めて怜悧な功利主義的発想があることは容易に見て取れよう。ラトクリフは金メッキ時代のアメリカの荒々しい政治風土を代表する典型的な人物として描かれているのである。

マデレーンの抱える問題は、この二人の間でいずれを選択するのか決断を迫られることである。単に愛情の問題というだけではなく、カーリントンが象徴する古き良き時代の道徳主義を政治の現場に要求するのか、ラトクリフが象徴する、倫理を無視した効率優先の現実主義を選択するのかという問題でもある。結局マデレーンはどちらも選択しはしない。いやどちらも選択できないといった方が正鵠を射たことになるであろう。

作者アダムズは、十九世紀末のアメリカン・デモクラシーが汚職と腐敗の歴史以外の何物でもないとして手厳しく批判しているが、しかし南北戦争以前の古き良き時代にただちに回帰できると考えるほど素朴ではない。マデレーンにラトクリフからの求婚を拒否させてはいるが、カーリントンの後を追いかけさせはしないのはそのゆえであろう。

ノエル・ペリンは、エジプトへ旅立つマデレーンの姿に混沌とする政治の世界から平穏を求めて学問の世界に入ってゆくヘンリー・アダムズ自身の姿を重ね合わせている。それなりに妥当な見解といえよう。とするならアダムズは政治の世界から完全に身を引いてしまったのであろうか。濁流のごとく激しく変化する政治の世界に彼の居場所はなかったのであろうか。

5.『ヘンリー・アダムズの教育』と歴史の連続性の崩壊

マーク・トウェインが『金メッキ時代』の中で当時のワシントンの政治とアメリカ社会を痛烈に諷刺したように、アダムズがマデレーン・リーとサイラス・P・ラトクリフという虚構の人物を通してアメリカのデモクラシーの現実を暴露し、自浄作用の働かない連邦政府を徹頭徹尾こき下ろしたことは論じてきた通りである。ではアダムズは『デモクラシー』を著すことによって何を意図したのであろうか。実在の人物を想起させる登場人物を創作し、腐敗した政治家を面白おかしく笑いものにすることだけが目的であったのだろうか。アダムズの本音はどこにあったのであろうか。アダムズの心の動きを理解するためには、彼の自伝『ヘンリー・アダムズの教育』を繙く必要がある。というのも、自伝の随所に彼の本音が隠されているからだ。

アダムズが十二歳の時、父のチャールズ・フランシス・アダムズに連れられて国会議事堂を訪問した。そこでヘンリー・クレイやダニエル・ウェブスター等の上院議員が親切に話しかけてくれたと記している。また時の大統領エドワード・テイラーと会うためにホワイト・ハウスを訪れ、そこで大統領に面会した時の感想を、アダムズは次のように記している。

ホワイト・ハウスに関しては家族の全員がそこに住んだことがあった。アンドルー・ジャクソン政権の八年間を除いて、多かれ少なかれ、それが建設されてからずっとそこは自分の家のようなものであった。少年（ヘンリー）は自分がそれを所有し、いつの日かそこに住むようになることを当然だと何となく思った。彼は大統領の前で何の感動も感じなかった。なぜなら大統領はそれ相当の家なら当然のことであったからだ。彼の家には二人いたのだから。（第三章）

子供の時からホワイト・ハウスで遊び、曽祖父が第二代大統領、祖父が第七代大統領、父が上院議員でイギリス大使という家系に生まれたヘンリー・アダムズは、当然父もまたアメリカ大統領になり、彼自身もホワイト・ハウスの主になると漠然と思っていたのである。したがってアダムズの関心は、幼い頃からアダムズ家の伝統ともいうべき政治の世界に向けられていたことは間違いないであろう。いわば政治はアダムズ家の遺伝子に組み込まれたＤＮＡであり、脈々と流れる血液のようなものであった。

ではなぜヘンリー・アダムズはアダムズ家の伝統である政治の舞台から身を引いたのであろうか。自ら進んで身を引くというよりも、引かざるを得なかったといった方が真相に近いであろう。一八九一年一月二日、「私たちの失敗は必ずしも私たちのせいではない。社会が大きくかかわっている。責められるべきではない」と信頼する友人のエリザベス・カメロンに書き送っている。敷衍すれば、ボストンのブラーミンたちの失敗は社会そのものに責任があるということであり、アダムズの政治の世界からの撤退は、大きくうねり変化してゆく社会に責任があるということである。

十九世紀後半から二十世紀にかけて激しく変動する社会にあって、政治の世界にボストン・ブラーミンの道徳性や理想を求めることはもはや夢物語にすぎなかったのである。「人民の、人民による、人民のための政治」という民主主義の理想は、いとも簡単に「多数派の、多数派による、多数派のための政治」に堕してしまうことを十九世紀のアメリカの政治が如実に示している。現実の政治はラトクリフが象徴するような「美徳がうまく機能しないならば、悪徳に頼らざるをえない」政治へと変貌していたのである。

6．発電機の隠喩

アダムズはこのような時代の変化を、世紀の変わり目である一九〇〇年に開催されたパリの博覧会での体験をもとに比喩的に記している。『ヘンリー・アダムズの教育』の第二五章「発電機と聖母」はパリの大博覧会会場における発電機とアダムズの出会いを扱っている。十三世紀には聖母マリアがすべての力の根源であり、統一と調和の象徴であったが、二十世紀にあっては発電機が「無限を表す象徴」に思えたのである。アダムズは「いにしえのクリスチャンが十字架に感じたのと同じ道徳的な力をこの四〇フィートの発電機に対して感じはじめた」。そして「人が発電機に対して祈りはじめる」のを目撃する。この発電機のまったく新しい、過去のいかなる機械をもしのぐその力にただ啞然とするばかりであった。その輝きは「神秘的で、霊的で、かつ理性を超えるものであった」ため、まるで十字架と同じ神秘的なエネルギーの顕現」であり、「中世の科学から見れば、いわゆる聖なる実体の直截の様式」と思えるほどであった。アダムズは一九〇〇年のパリ大博覧会の機械の展示場において、このまったく新しい力の突然の出現によって、「歴史家の首根っこを折られて横たわっている」自分に気づいたと記しているのである。

二十世紀に突入したまさにその年に出会った機械文明の最新の成果である発電機は、アダムズとってまったく新しい力、したがって過去との断絶を象徴するもの、理解を超えたもの、しかし同時に二十世紀の多様性を統一する力に思えたのである。ただその力が中世キリスト教社会においてすべての力の根源であった聖母マリアと異なっているのは、創造性ということであった。聖母は芸術を生み出し、大聖堂を建立する力の源であったが、二十世紀のあらゆる力の根源となるであろう発電機にそれを期待することはできない。なぜなら発電機を生み出した十九世紀のテクノロジーは、アダムズをしてひざまずいて祈りをささげたい気持ちを掻き立てるほど圧倒的な力を持つ一方、人間の手を離れて独り歩きをするという恐るべきもう一つの顔を持っていることに気づいていたからである。アダムズは一八六二年という比較的早い時期に、兄のチャールズに「科学は人間の支配を脱し、人間を支配するようになるであろう。人間を支配する機械は、もはや制御不能となるだろう」と書き送っている。

発電機が二十世紀の社会を支配する機械文明の力の比喩であるとするなら、それはアダムズには理解できない力であった。また同時に発電機は、アダムズにとってアメリカ民主主義を支配する力の象徴にも思えたのである。聖母マリアに統一と調和の力を見出したアダムズにとって、統一も調和もない、ましてや道義性や倫理性のかけらも見出すことのできない多数派の論理が支配するアメリカの民主主義の力は、発電機の力同様にアダムズの理解を越えるものであった。世紀末のアメリカ民主主義の大きな流れは、建国以来アメリカ政治にかかわってきたアダムズ家を飛び越え、置き去りにしてしまった。もはやアメリカ政治の舞台にアダムズ家の居場所はなかったのである。『デモクラシー』のヒロイン、マデレーンは探し求めた政治的な力の根源が民主主義の欲望の力であったことに気づき、幻滅してワシントンを去った。アダムズもまた欲望の民主主義によって激しく揺れ動くワシントンを去り、ハーヴァードにおいてアカデミズムという静謐な世界に没入せざるをえなかった。

『デモクラシー』の出版後五年が経過してから、アダムズは作品の著作権を「全国市民サービス改善連盟」（National Civil Service Reform League）に譲渡することにした。以後ほぼ半世紀の間、この作品のかなりの額になる印税は民主主義を機能させるための努力に使われたということをノエル・ペリンは指摘している。『デモクラシー』は民主主義に対するアダムズの「絶望の書」であると同時に、かすかな「希望の書」ともなったのである。

引用文献

Adams, Henry. *Democracy: An American Novel.* New York: Harmony Books, 1981.

———. *The Education of Henry Adams.* Boston: Houghton Mifflin Company, 1973.

Foerster, Norman. *Image of America.* Notre Dame: University of Notre Dame Press, 1980.

Perrin, Noel. "Introduction to the Harmony Edition". *Democracy: An American Novel.* New York: Harmony Books, 1981.

Russett, Cynthia Eagle. *Darwin in America.* San Francisco: W.H.Freeman and Company, 1976.

Samuels, Ernest. *Henry Adams.* Cambridge/Mass: The Belknap Press of Harvard University Press, 1989.

Twain, Mark. *The Gilded Age.* New York: Penguine Classics, 1980.

Woodward, C. Vann. "The Lowest Ebb". Rockville, Maryland: *American Heritage.* 1957.

チャールズ・ビアード『新版アメリカ合衆国史』松本重治他訳　岩波書店、一九七七年

サムエル・モリソン『アメリカの歴史２』西川正美翻訳監修　集英社、一九七六年

野村達朗『フロンテイアと摩天楼』講談社現代新書、一九八九年

第五章　意識と形式の分断——ヘンリー・ジェイムズのアメリカ

1. アメリカ精神の特質

一八三一年、フランスの政治家アレクシス・ド・トクヴィルはアメリカ合衆国の刑罰制度の視察を目的として新大陸を訪問し、アメリカ国内を広く見聞して回った。四年後の一八三五年、彼はその視察の成果ともいうべき『アメリカのデモクラシー』(*Democracy in America*)を上梓した。トクヴィルの関心は単に刑罰制度に止まることなく、広くアメリカ社会の政治、風俗、習慣にまで及び、当時のヨーロッパにおいては見ることのできない「諸階層の平等化」がアメリカ社会特有の現象であることに着目し、アメリカ社会の特徴を見事に描き出している。トクヴィルはこの著作の中でアメリカの思想の一般的傾向に触れ、次のように記している。少々長いが引用してみよう。

アメリカでは、多数が思想に厳しい枠をはめている。その範囲内では、文筆に携わるものは自由であるが、あえてそれから外れようとすると災難を被る。火あぶりの刑の恐れはないが、ありとあらゆる種類の不快と日々の迫害の的となる。（中略）

旧世界の最も誇り高い国々では、同時代の道徳的な欠陥と滑稽な言動とをありのままに描くような著作が公刊された。ラ・ブリュイエールが大貴族についての章を書いた時には、ルイ十四世の宮廷に住んでいた。モリエールは廷臣の前で演じられた劇の中で宮廷を批判した。しかし合衆国を支配する力はこのような戯れを決して望まない。わずかの批判にさえ傷つき、少しでも痛いところをつかれると猛り立つ。言葉つきから最も堅固な志操にいたるまで、すべてを賞賛しなければならない。作家はすべてその名声がいかに高くとも、同胞市民を称える義務から免れることはできない。多数は常に自賛の中に生きている。異国人または経験のみがアメリカ人の耳に真実を伝達させうるのである。アメリカ人が偉大な作家をいまだ持たないとして、その理由はほかでもない。精神の自由がなくては文学の天才は存在しえない。その精神の自由がアメリカにはないからである。（第七章第五節）

「アメリカ人が偉大な作家をいまだ持たない」というその理由が、トクヴィルがここで指摘している通りであるのかどうか、あるいは精神の自由の欠如という指摘が果たして正鵠を射たものであるかどうかに関しては議論の分かれるところであろう。というのもホーソーンもメルヴィルも彼らの代表作である『緋文字』（*The Scarlet Letter*, 1850）、そして『モービー・ディック』（*Moby-Dick*, 1851）をまだ世に問うてはいなかったのであるから、果たしてトクヴィルの見解をそのまま鵜呑みにしてよいものやら少々疑問が残る。しかしながら自由と平等の国として知られているアメリカにおいて精神の自由がないという指摘は、単に修辞上のアイロニーの面白さにとどまらず、たいへん興味深い真実を含んでいる。

続けて第六節「多数の圧政がアメリカ人の国民的性格に及ぼす影響」において、多数派の圧政の影響は政治の領域を超えて習俗にまで及び、それによって偉大な人格の発展が阻止されること、つまり合衆国のような民主共和制においては、多数の人が追従の精神構造を持つようになることを指摘しているのである。

トクヴィルが見聞した当時のアメリカ社会は、アンドルー・ジャクソンが大統領として君臨した、いわゆる「ジャクソニアン・デモクラシー」の時代であり、後に「コモン・マンの時代」とも呼ばれるようになる急激な大衆化の時代であった。そのことを割引いて考えねばならないとしても、確かにアメリカ社会は、十九世紀初頭から急速に階層の平等化が推進されつつあった。ジャクソン大統領がアパラチア山脈以西から選出された、西部出身の最初の大統領であるという事実、そしてデイビー・クロケットを初めとして、それまで西部の荒野で生活していた辺境の開拓者たちが突如代議士としてホワイトハウス内を闊歩するようになり、国会議事堂の絨毯を泥で汚したというエピソードは、この時代の変化の激しさを象徴的に物語っている。トクヴィルはジャクソンを次のように評している。

ジャクソン将軍はアメリカの人々が大統領としていただくべく二度選んだ人物であるが、その性格は粗暴で、能力は中程度である。彼の全経歴に自由な人民を治めるために必要な資質を証明するものは何もない。（第九章第一節）

少々辛辣すぎる嫌いがないでもないが、しかし歴史学者フレデリック・J・ターナーのフロンティア理論の指摘を待つまでもなく、アメリカ社会がジャクソン大統領以降、南北戦争を経てますます平等化へ向かう事実に照らして考えると、核心をついた論評であり、しかもその射程は長く、現代にまで及んでいると言えよう。

2. 自由の自家中毒

トクヴィルの見解は、アメリカ社会がその出発点から抱えていたアイロニーを端的に示している点で非常に重要な意味を持っている。それは、封建制度を経験せずに民主主義を達成した国民にあっては、つまり自由を勝ち取ったのではなく生まれながらにして自由な国民にあっては、自由は無償で得ることのできる先験的概念として捉えられる傾向が強いが、しかし自由に対する信頼があまりにも強すぎるため、それ以外のものは排除するという事態が生じる。自由の絶対化の当然の帰結として、異質な原理に対する寛容さを認めることなく、アメリカ的自由の概念に同調することを強制するのである。これが自由が自由によって逆襲され、結果として精神の自由を失ってしまうというアイロニーの構造である。いわば自由の自家中毒が起こるわけで、アメリカ社会のこのような特徴を指摘した論評をあげようとすれば、枚挙にいとまがなくなるほどである。

たとえば、トクヴィルに遅れることおよそ一世紀、一九二三年八月にD・H・ロレンスはニューヨークのトマス・セルツァー社から『アメリカ古典文学研究』(*Studies in Classic American Literature*)を上梓した。この評論の中でロレンスは「土地の精神」と題する一章を当て、アメリカという特異な空間に言及し、次のように語っている。

一七〇〇年ならアメリカよりもイギリス人の方が信仰の自由はあった。自由を願い、だからこそ故国に踏みとどまって、自由のために戦い、そして手に入れたイギリス人たちの勝ち取ったものだ。信仰の自由だというのか。ニューイングランドがこの世に生まれて最初の世紀のあいだに過ごした歴史を読んでみるといい。

とにかく自由だというのか。自由民の国。これぞ自由民の国。そうかねえ。もし私が気にさわることを口にしたら、自由民たちが暴徒と化して、私にリンチを加えるだろう。それが私の自由なのだ。自由だというのか。そうかねえ、個人が自分の仲間である同胞をこんなにおどおど怖がっている国に来たのははじめてだ。なぜなら私に言わせれば、同類でないことが分かったとたんに、思う存分リンチを加えるお国柄だ。(第一章「土地の精神」)

D・H・ロレンスのこの評論と前述のトクヴィルの指摘を比較してみれば、両者の見解の類似性は一目瞭然であろう。ロレンスもトクヴィルも、アメリカ人が宿命として抱えている恐るべき特質を的確に読み取っている。ヨーロッパにおける自由は不自由を前提とした相対的な概念であるが、アメリカにおいては不自由を前提とするどころか、自由は先験的に存在する神の如き絶対的な概念に変容してしまう。自由は不自由という対立概念が存在しないために独り歩きを始め、やがて巨大な怪物と化して猛威をふるう。多数派の意に沿わないものは一切排除してしまうという事態が生ずる。アメリカにおいては、人は念仏の如く自由と平等そして民主主義を唱えていれば救われ、まず身辺の安全は保障される。したがって人は他人の目を気にしながら本音を包み隠して、自由を声高に主張する多数の意見におもねることになる。

自由に限りない信頼を寄せるアメリカ人のこのような傾向は観念の生み出すきれいごとにすぎず、頭でっかちの理念の産物であるとロレンスは切って捨てる。ロレンスによれば、人は自己の魂をしかと見据えた上で、その深奥に潜む真の欲求の叫びに耳を傾け、その声にこそ従うべきだとする。

彼らは自分たちの情念がこぞって破壊しようとするモラリティにしっかりと理知の忠誠を捧げる。ここから、彼らにそなわる致命的な欠陥、最も完璧なアメリカの芸術作品『緋文字』にさえ見られるこの上なく致命的な欠陥、つまり二枚舌が生じる。自己の情念が拒絶するモラリティにしっかりと理知の忠誠が捧げられるのだ。（第一章）

理念と情念の乖離によって生じる二重性、即ちロレンスが語るところの「二枚舌」は、アメリカ文化を理解する上で重要な鍵となる。果たして理念の中に真実が存在するのか、それとも情念の中に真実が存在するのか明確に断定しがたいところではあるが、しかしこと自由という概念に関する限り、アメリカ民主主義社会に顕著に見られる「自由の横暴」というロレンスの指摘は無視できない示唆に富む内容を含んでいる。

またロレンスから更に三十年後、ルイス・ハーツは『アメリカ自由主義の伝統』（*The Liberal Tradition in America*、1955）の中で、「皮肉なことに、自由主義は西洋の何処においても個人の輝かしい象徴であった教義である。けれどもアメリカでは、それが持つ強制力はあまりにも強く、自由それ自体にとって脅威となるほどであった。ロックの自然法は本来平等な人間に同様なことを語るのであるから、ロックの中には、実は大勢追従主義の萌芽がはじめから隠されていたのである。そしてこの萌芽は、近代ナショナリズムの爆発的な力によって培養されると、はなはだ目立つものに成長をとげる」と記している。

ハーツの指摘は、具体的には二十世紀中頃に起こった「赤の恐怖」に対するヒステリックな反応とそれを煽《あお》る世論の専制に向けられているのであるが、「自由の持つ強制力はあまりにも強く、自由それ自体にとって脅威となる」とのアイロニカルな指摘は、単に「赤の脅威」に対する世論の反応にとどまらず、アメリカの社会全般を理解する上で重要な鍵となる。また同時にそれは、アメリカ的な大衆政治（デモクラシー）に本質的に内在する危険性でもあることを指摘しておきたい。

トクヴィルにしてもロレンスにしても、自由の絶対化というアメリカ社会およびアメリカ人の特質を鋭い知性と感性でもって見事に抽出したのであるが、それを可能にしたのは、彼らが共に封建制社会を経て成立したヨーロッパの人間であったということ、したがって封建制社会を経ずに成立したアメリカ合衆国の特質を客観的に眺めることができたということであろう。しかしトクヴィルやロレンスが指摘したアメリカ人に特有の思考形態、そして民主主義国家アメリカの特異性に早くから気づいていた一人のアメリカ人がいた。

ヘンリー・ジェイムズは後に国際小説と呼ばれることになる小説を数多く書き、作品中において歴史の浅い新大陸アメリカと、随所に歴史が顔を覗かせている旧大陸ヨーロッパの対立という構図を好んで扱った作家であるが、当然のことながら風俗、習慣を含めた広い意味でのアメリカの風景には人一倍関心が深かった。それというのも作家の想像力と社会の風俗、習慣、そしてその総体である文化は不可分のものであり、風景が織り成す陰影の濃淡によって作家の想像力は刺激されると考えていたからであろう。彼が評伝『ホーソーン』(*Hawthorne*, 1879) の中でアメリカの風景に言及した例の「ないないづくし」はあまりにも有名である。作家の想像力を刺激するには歴史と習俗の蓄積が必要であるとして、ヨーロッパには存在するがアメリカには欠けているものを列挙する。

君主もいない、宮廷もない、個人の忠誠もない、貴族制度もない、教会もない、聖職者もいない、軍隊もない、外交儀式もない、郷士もいない、宮殿もない、お城もない、荘園もない、ましてや田舎の大邸宅もない、牧師館もなければ、草葺きの小屋もない、ツタのからまる廃虚もない、大寺院もなければ、修道院もない、素晴らしい大学もなければ、まともな学校、つまりオックスフォード、イートン、ハロウもない、文学も、小説も、博物館も、絵画も、政界も、賭けに興ずる階級もない、したがってエプソンやアスコット競馬場もないのである。

この一節を文字通り、十九世紀前半のアメリカの風景が作家の想像力に不可欠な文物を欠如している点を指摘したものとして読むこともできよう。しかし賢明な読者なら、これを比喩として読む時、その背後に大きな意味の広がりが存在していることに気づくであろう。言い換えれば、封建制度を経験せずに成立した社会の宿命を象徴的に語った一節と考えるなら、これは明らかにトクヴィルが「多数派の圧政の影響は政治の領域を超えて習俗にまで及び、それによって偉大な人格の発展が阻止される。つまり民主的共和制においては多数の人が追従の精神を持つようになり、多数による自由の専制が生じる」と指摘し、D・H・ロレンスが「これぞ自由な民の国。そうかねえ。もし私が気に障ることを口にしたら、自由な民たちが暴徒と化して、私にリンチを加えるであろう」と揶揄したあのアメリカ

ヘンリー・ジェイムズ

的特質に言及しているのである。

3. 意識と形式の分断

ではジェイムズはそのアメリカ的特質を一体どのように捉えていたのであろうか。むろん封建制国家の諸制度の存在をジェイムズが望んでいたとかいないとか、機械文明に支配されたアメリカの景観を唾棄していたとかいないとか、字義通りに解釈すべき質のものではないことは明らかであろう。結論から先に述べれば、それは民主主義社会にありがちな過去との断絶、すなわち過去の遺産を否定することから生じる「形式の欠如」であった。『ある婦人の肖像』の序文においてジェイムズは形式と意識に関して示唆に富む見解を披瀝している。

要するに小説の家には一つの窓があるのではなく百万の窓がある――いや、窓になりうる部分が数え切れないほど存在するといった方が良いであろう。人間の営みの場が、「主題の選択」であり、開けられた開口部――広いものであれ、バルコニーのついたものであれ、細長く突き出たものであれ――が「文学の形式」である。しかし窓はそこに観察者の存在がなければ無に等しい。すなわち芸術家の意識がなければ無に等しいのである。

この比喩を前述した「ないないづくし」に照らして考えると、「君主、宮廷、僧院……エプソンやアスコット」などの諸文物は表出した形式であり、それを背後で支えるものが時代の意識であり、時代の精神であるということになる。形式と意識は当然不可分のものであり、いずれが欠けても芸術は実を結ばない。したがってジェイムズがアメリカの風景に欠けているものを嘆く時、その悲しみは二重に悲しみを帯びる。果たして形式が存在しないから意識がないのか、意識がないから形式が存在しないのか、この問題は『ある婦人の肖像』の中でヒロインのイザベルとマール婦人の間で交わされる会話の中に象徴的に示されている。マール婦人はイザベルに次のように語りかけている。

「人間には皆殻があってその殻を問題にしなければならないことが分かるわ。殻というのは人間を包んでいる環境全体のことよ。環境から独立した人間といったものはないのだから、私たちは一人一人が付属品の寄せ集めよ。私たちの自我を何と呼んでもいいわ。どこからそれは始まるの？　そしてどこで終わるの？　それは私たちが持っているもの全部に流入し、そして溢れて流れ出すのよ。私のかなりの部分が私が選んだ衣服の中にあることは知ってるわ。ものって大事よ。人の自我といっても、ほかの人から見たら外に出ていなければ見えないわ。家とか家具とか衣服とか、読んでいる本とか、交際する友人とか、そう、そういうものすべて意味があるのよ。」

イザベルはマール婦人のこのような見解に対して強く反論する。

「私は違うと思います。自分以外のものは、一つとして自分を表現しないと思います。私の付属品は何一つ私を測る尺度にはなりません。私が着たいと思っている衣服、これは私を表現しません。……着ているもので判断されたくないのです。衣服、それは作った洋服屋さんを表現するかもしれないけれど、私のことを表現しないし、この衣服を着ていることは私が選択した結果ではないのですから。それは社会によって押し付けられたのです。私が選んで着ている服などから私自身を判断してもらっては困ります。」（第十九章）

マール婦人の見解は、衣服（表出した形）は自己（意識）の表現であり、両者は不可分であって相互に密接に関連しているということである。さらに自我といっても、どこまでが自分で、どこまでがそうでないのか明確に決定できるようなものではないのであるから、結局環境の生み出したものであると主張する。これは作者ジェイムズの見解を代弁していると考えられるのであるが、ジェイムズの兄ウィリアム・ジェイムズの「個々の自我、それは自我と呼ばれるにもっともふさわしい唯一のものであると思えるのであるが、それは経験した世界の一部なのである」と比較すると、その類似性に驚かざるを得ない。

J・C・ロウは「ウィリアム・ジェイムズは自我とそれが知覚する他者との相互関係を通して人間の意味がどのように生じてくるのかを示そうとした」と指摘しているが、同時にこの指摘はまさしくマール婦人の主張の核心を的確に言い表している。経験した世界を超越する自我は存在せず、関係性の中においてその存在が意味を持つという見解は、その後の現象論の到来を思わせるのであるが、ヘンリーが兄ウィリアムの哲学の影響を少なからず受けていた事実を考えると両者の類似性にも納得がゆく。

一方、明らかにイザベルは、衣服は自己の表現とはなり得ず、単なる仮の姿に過ぎないと主張している。イザベルのこのような認識は、「イディアはそれにあずかる諸物体から離れて天上かどこかに存在する独立の実体であり、しかもこれが真の実在であって、諸物体はその影であり仮象である」とするプラトンの『パイドン』の中に示されているイディア論に酷似している。ここでイディアをイザベルの主張する「本当の自分」に置き換えると、そのままマール婦人に対するイザベルの反論となることは明らかであろう。また彼女がドイツ思想史を読んでいたということは、ドイツ観念論の影響を当然受けていたということを暗に示している。とするとイザベルは、プラトン哲学とドイツ観念論の強い影響の下に、アメリカのピューリタニズムの土壌に花開いた超越主義の体現者ということになろう。ジェイムズがイザベルに超越主義に相通じる気質を投影したことは多くの論者の指摘するところでもある。

社会制度（形式）と意識の分離はそもそもアメリカ超越主義に特徴的な傾向であったということができよう。W・E・チャニングが「無抵抗のまま外国文学に依存して育つくらいなら文学などない方がいい。一国の真の君主とはその国の精神と思考形態、趣味、行動規範を決定する者である。したがって我々はそれを外国人の手にゆだねることに同意できないのである」と旧大陸の文化からアメリカ文学の独立を主張し、R・W・エマソンが随筆『自然』の冒頭で「我々の時代は懐古的である。……なぜ我々は過去の形式の哲学と詩ではなく、洞察の哲学と詩を持たないのか。なぜ過去の無味乾燥な遺骨の中で模索しなければならないのか」と過去との決別を謳い上げ、アメリカの知的独立を宣言した瞬間から、アメリカは過去の形式を捨て去る方向に歩み出したのである。しかし過去の文化遺産を否定し、一切の過去の形式を捨て去ったところから出発しようとしたアメリカではあるが、彼らは当然のことながら新しい意識とそれを表現する新しい形式を模索しなければならなかったのである。

二十世紀初頭のアメリカにあって、アメリカ精神はその新しい意識にふさわしい形式をいまだ持つにいたっていなかった。「形式」と「意識」の断絶こそが、アメリカ精神が宿命として背負うことになる十字架とジェイムズには思えたのである。イザベルはこの意味において、社会規範をほとんど無視して自由を追い求めるソーロウのように、アメリカの超越主義の伝統上に位置するヒロインであるのだが、彼女の悲劇はアメリカ固有の精神構造が生み出した象徴的な悲劇として読むことができる。

ジェイムズは一八八三年を最後にほぼ二十年間アメリカの土を踏んでいなかったが、一九〇四年に故国アメリカを訪れ、「形式」と「意識」の分断された様をアメリカの風景の随所に発見し、その時の印象を『アメリカの風景』（*The American Scene*）として一九〇七年に出版している。この作品は、「『アメリカの風景』は著者の長年にわたる修練の勝利。真剣に考えるアメリカ人なら無視できない本」とのエズラ・パウンドの指摘、あるいはエドモンド・ウイルソンの「現代アメリカについての最高傑作の一つ」との指摘を待つまでもなく、すぐれたアメリカ文化論となっている。読者は一読すればつぶさに、おそらくこれが単なる旅行記の枠にとどまらず、前述したトクヴィルの『アメリカのデモクラシー』やD・H・ロレンスの『アメリカ古典文学研究』に匹敵する、アメリカ精神の持つ意味を探求した文明批評の書であることに気づくであろう。

4. アメリカと空虚な民主主義

ジェイムズはかつて「小説の技法」の中で、小説家にとって必要な才能は「目に触れるものから見えざるものを推測し、物語の意味を見抜き、形によって全体を判断する能力」、「一斑をもって全豹を推す能力」であるとの考えを披瀝したが、二十年ぶりに訪問したアメリカの風景に接して遺憾なくその信念を発揮し、母国アメリカを容赦なく裁断している。この著作の序文において「人間生活の諸相や社会の雰囲気が持つ特徴の中には、新聞や報告書や調査書や議会の報告者が扱う能力を明らかに欠いているように思われるものがある。しかもそのようなものの中にこそ、いっそう多くの興味深い事実や、どのような努力をもってしても測り知ることができない重みを持つ、国民性の表現が含まれているように思われる」と語っていることからして、ジェイムズが何を意図していたかは明らかであろう。

彼自身の芸術理念に従い、文字どおり小説家としての想像力を最大限に発揮して、表層に現れた単なる数字が示す事象の分析にとどまることなく、その背後にある意味を探し求めて一挙にそこに到達しようとしている。たとえばニューヨークの別荘地を訪れ、成金たちの暮らす豪壮な屋敷を眺めて、「入り口に門番の小屋一つないこれらの別荘が示しているのは、要するにその規模と、できる限り金のかかった建物だという事実を、率直に告げる外観にすぎないのだ」（第一章）として、富の顕示だけが目的であるかのような、かつ体裁だけにこだわるアメリカの浅薄な成金趣味を一刀両断のもとに切って捨てる。

「これほど無邪気に自分たちの富を誇示し、しかもその他のなにものも示さないことによって、彼らは一体何を達成しようとしたのであろうか」と疑念の一瞥を投げかける。本来ならこのような別荘が風俗や社会の景観を作り出す力に一役買っているのであるが、ここニューヨークにおいては「空虚」「まったく無能な空虚」しか存在しないと断罪する。アメリカの風景の中で周辺の景観とまったく関わりがないかのごとく存在する贅の限りを尽した建物を捉え、「外面的な空白はそのまま内面のありようを示しているのであろうか」と、表象の意味を探ろうとする。

ジェイムズがニューヨークに林立する豪奢な別荘の中に見出した「何かが欠けている」という認識は『アメリカの風景』を貫く基調音となっているのであるが、「空虚」をアメリカ社会を象徴する一つの特徴と捉え、さらにそれを生み出しているアメリカ社会の本質にまで迫ろうとする。ニューイングランドの山村を訪れたジェイムズは、村落の景観が醜悪以外の何物でもないとの印象を強くし、表象の背後にある意味を求めて、それこそ一気呵成に突き進む。

アメリカの村落に見られる醜悪さを説明するためには、私は便宜的に封建制度の長所を認めるかのような考え方に頼らざるを得なかった。この醜悪さはさまざまな形式が跡かたもなく廃止されてしまった結果である――もっとも、形式というものが過去、現在、未来を問わずアメリカに存在した、あるいは存在しうる証拠はほとんどないのだから、それはアメリカでは廃止される名誉さえ与えられることがなかったのである。（第一章「ニューイングランド――秋の印象」）

形式を持たないのは絶えずそこに「過去を放棄し、成長しようとする意志」があるからだと断言する。何を犠牲にしようがとにかく成長しようとする意志、変化することにこそ意味があるのだという意識をいたるところでジェイムズは観察する。では過去を放棄させようとするものが一体何であるのか、そして成長への意志の背後に何が存在するのであろうか。封建制社会においてであれば、ある形式がすでに存在するために、「過去の放棄」や「成長への意志」は抑圧されるか無視されてしまうのがせいぜいであろうが、アメリカの「空虚な風土」はどのようなものであれ受け入れてしまう。つまり「絵の大きな額縁の中には阻止したり指図したりするものがほとんど欠けていて、充分な数の騒々しい新聞を購読する充分な数の読者が望みさえすれば、どのようなことでも実現可能であるような印象」を与えるのである。ここでジェイムズは一挙に問題の核心へと迫る。

途方もなく前例のない音響を発している偉大な存在は、恐るべき民主主義の姿であって、その姿は、その後さまざまな機会に、その変化するかどばった影を観察者の視野いっぱいに投げかけるのだ。過去を一掃してしまったのは民主主義の巨大な箒であって、虚空の中で振り回されているように思えるのもまたその箒である。……証拠はあまりにも多くの場合、何かが不足し、欠けているという証拠であり、私の注意と関心を惹くものは、耐えがたい空虚――耐えがたい空虚そのものであった。直接明白な姿をとって現れている場合にも、ほかの現象の中に内含されている場合にも、民主主義の強烈さは際立っていた。（第一章「ニューイングランド――秋の印象」）

アメリカの風景に共通する「空虚」を生み出していたその張本人は、民主主義であった。直感的に表象の背後にある本質に到達するジェイムズの眼差しは冴えて鋭い。

ジェイムズが彼自身を「不安なる分析者」と自己規定しているように、この分析者はかつて在籍したハーヴァード大学においても、いかんなく分析者の個性を発揮し、大学とその周辺の表象の背後にある実相に迫ろうとする。

ニューヨークにおいて民主主義の強烈な印象に衝撃を受けたジェイムズは、古都ボストン近郊にあるハーヴァード大学においても同様に、ここかしこに民主主義が社会に浸透した様子をただちに嗅ぎつける。ジェイムズの想像力を掻き立てたものは、「民主主義と変化の両立」という点であった。二十年ぶりに再訪した故郷アメリカの至る所を覆いつくす変化は、民主主義にとっては「無数の興味深い、快適な変化」に過ぎないことを発見し、「民主主義の強烈さはそのようなさまざまな変化と両立することができる」ことにジェイムズはただ驚くばかりであった。

ハーヴァード大学の立派になった設備、講堂、博物館、学生のドーミトリーなどの建造物をひと通り眺めた後で、その印象を次のように吐露する。「真面目で嘘を隠しおおせることのできない薄暗がりが、その知的な空虚さを暴露している」と。ジェイムズにとって外見上の立派さは、その背後にある内的な意味の表現でなければならなかった。不安なる分析者は、ハーヴァードの建物に、形式と意味が分断された様を読み取るのである。

したがって、ジェイムズにとって表面上の多様性はさほど意味を持たないことであった。その多様性の背後に見てとれる精神の在り様が大きな問題であった。このような民主主義社会の特徴を、ジェイムズはハーヴァード大学の学生たちの中に発見し、「青年の特徴から推測される親と育ちの多様性の欠如」に驚きを隠さない。そしてイギリスでもフランスでもドイツでも、若い大学生の親としてあらかじめ想像できるものには「五十種類以上もの人物、五十種類以上もの多様な職業」があったとして、アメリカ社会の中産階級の平板さと画一性を指摘するのである。

民主主義社会における「多様性の欠如」という指摘は、ただ単に学生の出自に言及しているのではなく、アメリカ人の精神構造まで含めた広義の意味に使われていることは明らかであろう。多様性と画一性という一見矛盾する概念を、集団の構成員とその集団を支配する精神という両面から分析し、それら二つの矛盾する概念が同じ集団の中に同居しうる点を指摘した点にジェイムズの個性がみごとに発揮されている。ハーヴァード大学においてジェイムズが察知した「民主主義と変化が両立する」

状態は、学生の多様性を生み出したが、その表面上の多様性の背後に、集団としての画一的で平板な精神構造が存在することを看破したジェイムズの洞察力には驚くべきものがある。アメリカ民主主義社会の雑多な人間の集団の中にある画一的な精神構造というジェイムズの指摘が、前述したトクヴィルの「自由の絶対化に伴う精神の自由の欠如」という指摘に呼応することは一目瞭然であろう。

5. 民主主義、商業主義、そして機械文明

この民主主義が商業主義と結びついた結果、「私たちの広大で未熟な商業的民主主義にあっては、常態とは新しいもの、安価なもの、平凡なもの、商業的なもの、安直なもの、あまりにもしばしば醜悪なもの」が支配する社会を生み出すことになる。ジェイムズは生まれ育ったニューヨークの景観の中に民主主義と商業主義が結びついた典型的な姿を見て取り、徹頭徹尾冷ややかにこき下ろすのである。「ウォール街の口は私の耳元で明瞭に私の年齢を宣言していた。そればかりか、どこを向いても生活の呼吸は商品を目指して走り続ける青年のそれであり、新しいものが古いものをまるで乱暴な子供たちがカタツムリや毛虫を踏み潰すように圧殺していた」（第二章）と、ニューヨークを離れていた二十年間に生じた変化の激しさに唖然とする。

特に十九世紀末の機械文明の象徴である高層建築に対して、ジェイムズはあからさまに嫌悪の念を表明し、アメリカの未来に対して一抹の不安を吐露している。D・E・ナイは歴史的に見てテクノロジーの成果がアメリカ社会の多様性を統一するための象徴的機能を果たしてきた点を指摘し、ニュー

ヨークの摩天楼を橋と同様に当時のテクノロジーが成し遂げた成果としているが、ナイの見解はニューヨークの摩天楼が移民社会の同化のシンボルになったという外面の事象に関する限りなんら否定すべきものではない。しかし表象の背後に存在する意味を読み取ろうとするジェイムズにとって、「多様性」を「統一」すること自体が精神の画一性を招くことになり、それが結果として民主主義社会の悪しき風潮を引き起こしていると考えていることからして、ジェイムズの見解がおおよそ一般の反応と異なっているのは当然といえば当然のことであろう。ジェイムズはニューヨークの摩天楼にアメリカ機械文明と民主主義社会の将来を象徴的に読み取るのである。摩天楼が「利益に奉仕させられる科学」の生み出した成果であり、そのような成果は「商業的に利用される以外に何一つ神聖な用途」を持つことはないとする。

これらの高層建築は特に耳をつんざく音響を発している。私たちが今まで知っていた世界中の壮大な建築——塔や寺院や宮殿——とは違い、ニューヨークの高層建築は、永遠の存在としての権威はおろか、長命な存在としての権威を持ってさえ、私たちに語り始めることは絶対にない。一つの物語が面白いのはもう一つが始まるまでで、摩天楼が建築技術における最高の言葉といえるのは、次の言葉が書かれるまでの束の間にすぎない。その言葉はおそらく、いっそう醜悪な意味の言葉であろう。（第二章「ニュ－ヨーク再訪」）

では摩天楼が時代を代表する最高の建築技術の集大成であるにもかかわらず、なぜ「束の間」のはかない命しか持たない「醜悪な意味の言葉」として映るのであろうか。それは、「金こそが自尊心ある建物が目的とするに足る唯一の対象」とするような時代風潮が摩天楼の背後に潜んでいるのをジェイムズの想像力が嗅ぎつけたからに他ならない。したがって「金銭欲の怪物たちが、形式美の感覚に訴えることのできるもの」を何一つ持ち得ないことは当然であり、そこに形式美を探そうとしても結局、「高層建築の最も際立った特徴、経済的理想を最も声高に物語っている高層建築の唯一の特徴によって、美的な見方をしようとする試みはすべて遅かれ早かれ挫かれてしまう」（第二章）からである。

ジェイムズの観察したアメリカ社会の変化を推し進めているのが、商業主義的民主主義であることは前述した通りであるが、それが外国からの大勢の移民によって支えられている事実を彼は見逃さない。これらの移民がアメリカの姿を絶えず変化させている事実、そしてそのことがもたらす文化変容に対してジェイムズはある危惧の念を抱いている。訪れる土地のいたる所で出会う外国からの移民の語る言葉を耳にして、彼は「未来の言語の特徴がどのようなものであれ、それが英語でないことは確実であろう――少なくとも現在の文学的な基準に照らしてみる限り」（第二章）と慨嘆する。

ニューヨークを我が物顔で闊歩するユダヤ人やボストンやセイラムでたびたび見かけたイタリア人を、「遠い彼方にある同質的なボストン」と、ジェイムズ自身を隔てる「格子の桟を象徴するもの」として捉え、外国人移民の存在は、アメリカ社会が古き良き時代の価値観や予想から遠ざかった距離を示していると感じる。特にユダヤ人商人に対するジェイムズの印象は決して穏当とは言えず、あたかもこの時代の商業主義の背後で糸をひいているのはユダヤ人であるかのように、「薄暗い店の奥で慎重に罠に餌をつけているユダヤ人商人」（第八章）と痛烈な諷刺を繰り返す。

結局、ジェイムズにとって、当時の機械文明のもっとも顕著な成果である摩天楼も商業主義に汚染された民主主義が行き着いた象徴的な姿としか映らなかった。しかもジェイムズにとってそのことはさらに深い意味を持っていた。十九世紀初頭に、前述したチャニングやエマソンから出発した「アメリカの新しい意識」にふさわしい「形式」の探求は、二十世紀の初頭に至って新しい形式を創造するどころか、逆にその「意識」さえも失ってしまったとジェイムズには思えたのである。

過去を断ち切り、ヨーロッパの文化遺産を否定することから出発したアメリカ民主主義は、結果として何も生み出さなかった。いや生み出さないどころか「空虚」というとんでもない代物《しろもの》を生み出していた、と考えた方がわかりやすい。いっそう悪いことに、この空虚な状態は、定まった形式を持たないために、周囲の状況に応じて何にでも姿を変えることのできる、何でも飲みこむ、途方もない、いわばブラックホールのような代物《しろもの》であった。当然のことながら、ジェイムズはこのような民主主義社会の「空虚」な状態に拝金主義が持ち込まれた結果引き起こされる醜悪さを蛇蝎の如く嫌悪するのである。

合衆国では付随する形式があらゆる面できわめて乏しいので、それらの形式に包含されていた感情もまた消滅してしまったとさえ考えられるだろう。なぜなら、極端に形式を無視した実例のあるものを捉えて、そこには要するに新しい形式があるなどと考えるのは、私の考えではあまりにも持って回った解釈だからである。形式の無視がせいぜい感覚の減退しか表していないような場合もある。（第三章「ニューヨークとハドソン川――春の印象」）

形式がないこと、それこそがアメリカの形式であるとなぜジェイムズには思えなかったのか、その点が不思議といえば不思議であるが、それはジェイムズには「形式の無視」、もしくは「感覚の減退」の結果にすぎないとしか考えられなかった。アメリカ人の意識は情況に応じて素早くその姿を変えながら水中を浮遊する、捉えどころのないアメーバのようなものとしか映らなかったのである。

6. コンコードと歴史の連続性

『アメリカの風景』の中で繰り返し使用されているもっとも重要な概念は「空虚」（void, emptiness, blankness, vacancy）であろう。そしてその「空虚」を修飾している形容詞が「どうしようもない、胸の痛む」（helpless, aching）などであるという事実が、アメリカに対するジェイムズの態度を如実に示していると言うことができる。さらにそのような「空虚」なアメリカの風景を眺める語り手は、自分自身を終始「不安《レストレス》なる分析者《アナリスト》」と規定している。アメリカのどこを訪れても、何を観察しても、語り手の脳裏から消えることのない「一抹の不安」が「空虚」と並行して全体を貫くもう一つの基調音となっているのである。

ではいったい語り手はなぜ不安を覚えるのであろうか、そしてそれは何に対する不安なのであろうか。ここまでジェイムズのアメリカ文明批判を中心に論考を進めてきたが、必ずしもジェイムズはアメリカ合衆国のすべてに絶望し、すべてを否定しているわけではないということをまず確認しておかなければならない。というのも唯一ジェイムズの心に安らぎを与えてくれる土地は、マサチューセッツ州の小さな町コンコードであったと語っているからである。

コンコードが「アメリカの他のどの町よりも明確な個性を持っている——いいかえれば、歴史の衣という狭い襞《ひだ》の下に他のどの町よりも巧みに包まれて」いて、しかも「社会的同質性を長い間保持していた」（第八章）からにほかならない。しかもこの町が空間的にきわめて小さな町であるにもかかわらず、精神的にはニューヨークやボストンにも匹敵するきわめて大きな町であるという印象が、ジェイムズをしてコンコードをアメリカ中でもっとも稀有な存在と言わせしめたのである。つまりジェイムズはコンコードという小さな町のささやかな街角、狭い路地、建物という建物に昔と変わらない息づかいを感じ、樹木と川の流れにもエマソンやソーロウの超越主義の精神を、さらには思索にふけりながら森の小道を逍遥するホーソーンの影を見て取ることができたのである。

ジェイムズにとってコンコードはアメリカの伝統的な精神性を体現している町であるだけでなく、歴史の連続性をも保持している町であった。そこにアメリカ中の町から失われつつあるアメリカの理想が存在しているとの思いがこめられていると言っても過言ではない。

彼は「わたしがコンコードにいる間、朽葉色の落葉一枚、わたしにエマソンを思い出させずに舞い落ちることはなかった」（第八章）といくぶん感傷的に語る。怒涛のごとく押し寄せる変化の波の中にあって、昔と変わらない風情を保持しているコンコードの屹立とした姿に孤高の威厳と誇りをジェイムズは見て取り、古き良き時代のアメリカの気高い精神性への哀惜の念を感じたのであろう。したがって語り手の不安が何に起因しているかはおのずと明らかになる。

形式を持たないままに闇雲に変化を追い求めるアメリカの現実、しかも本来なら形式を支えるはずの何らかの意識が当然存在してしかるべきであるにもかかわらず、そのような意識さえ自覚することもなく、雑然と無節操に拡大するニューヨークの姿、このようなアメリカ社会の急激な変化が語り手の「不安」を生み出す要因となっているのである。過去の形式を好んで破壊する民主主義国家アメリカ、ただ変化することにこそ意義があるかのように間断なく変化するアメリカ、社会的連続性が形式を生み出すとするなら、そのような連続性を失いつつあるアメリカ、したがって形式美を完全に喪失してしまったアメリカ。

世紀の転換期に母国アメリカに生じつつあったすさまじい変化は、十九世紀の知性にとって変化のための変化としか映らなかったとしても何ら不思議はない。この風潮がアメリカの空虚な空を覆い尽くす時、アメリカの民主主義は最悪の事態に陥るとジェイムズには思えたのである。

摩天楼や鉄橋は「一つの時代が終わった時点」を象徴的に示しているのであり、ジェイムズが「過去をいっさい否定する野蛮さかげん」（第二章）にもはや耐えられるはずもない。彼は「十九世紀の後半は多かれ少なかれ、私自身の見ている前で終わった」（第二章）との感を強くする。二十世紀初頭、アメリカの知性を代表するヘンリー・ジェイムズは、大河のごとく流動するアメリカの現実を目の当たりにして、ただ慨嘆する以外に術はなかった。それというのも、十九世紀と二十世紀の間に横たわる間隙はあまりにも大きく、その異質性は精神的な意味においても物質的な意味においても、想像を絶するものであったからにほかならない。十九世紀の知性にふさわしい居場所はもはやアメリカの民主主義社会には残されていなかったのである。

民主主義と拝金主義が結びついた結果生じる醜悪な景観は、商業活動の中心地ニューヨークや古都ボストンのみならず、ジェイムズが幼年期を過ごしたロードアイランド州ニューポートにおいても、昔ながらの牧歌的な周辺の景観を睥睨するかのように猛威をふるっていた。アメリカ建国時から上品な趣のある雰囲気を漂わせていたニューポートを訪れたジェイムズは、懐かしい風景に接しながら、過去の思い出に浸る間もなく、この町に起こりつつある変化をつぶさに目撃することになる。鉄道事業で巨万の富を築いたコーネリウス・ヴァンダービルトの一族を初めとする当時の新興成金たちが豪華さを競って建築した巨大な邸宅が、懐かしいニューポートの町の景観を一変させていたのである。

ジェイムズはそれら豪壮な建造物を「多くは醜悪な、ますます金のかかるいろいろなものを詰めこみ、つまり金貨をたっぷりとつかませようとしたわけで、うず高く積み上げられた金貨は、今では自然や空間の規模に奇妙に釣り合わない莫大な量に達している」（第六章）と酷評する。ニューポートの海岸に林立する絢爛豪華な白い館を白い象に喩えて、「かつて海の妖精たちが牧童に歌い返した牧歌的な海辺を単なる白象の繁殖地にしてしまうというのは、そもそもなんという思い付きであったろうか！……馬鹿でかい空虚な姿をいつまでもさらしていることは愚かにも程がある」と怒りをあらわにする。

二十年ぶりに訪れた故郷の町ニューポートを前に、懐かしさのあまりいくぶん感傷的になっているジェイムズではあるが、結局ニューヨークで目撃した光景はアメリカ中を席巻している拝金主義の象徴であることを認めざるをえなかった。巨万の富を象徴する瀟洒な別荘も、ジェイムズにとっては商業主義に冒された民主主義の行き着いた無残な姿としか映らなかった。ジェイムズの嘆きは深く、絶望の色さえ帯びている。

7．商業主義とジェイムズ

『アメリカの風景』を出版した翌年の一九〇八年、ジェイムズはこのような商業主義が支配するアメリカの時代風潮を題材にした寓意的な作品、『にぎやかな街角』（*The Jolly Corner*）を発表している。この作品の主人公スペンサー・ブライドンは二十三歳の時にニューヨークを離れ、ヨーロッパで生活した後に三十三年ぶりにアメリカに戻って来る。ジェイムズ自身を彷彿させるこの人物は、ニューヨークの凄まじい変化にただただ驚きの声をあげるばかりであった。ニューヨークの変貌ぶりはスペンサーの予測をはるかに超えていて、しかも「調和の基準と価値観がちょうど逆になっている」ことを発見し、「遠い青春時代に汚いと思っていたもの、そういうぞっとするものはむしろ魅力的で、現代的な、巨大な、有名なものは、たとえば、毎年何千人と海を渡ってくる無邪気な観光客よろしく、是非見たいと思っていたものは、まさに幻滅の種」であると述懐する。スペンサーの二人の兄が亡くなったことによって遺産として譲り受けた二つの屋敷を整理するためにニューヨークに戻ってきたのであるが、そこで出会ったニューヨークの姿は、いたる所に巨大な高層建築が林立した異質の世界として描かれている。

ところがスペンサー自身も屋敷の一つを高層アパートに改築中で、その仕事に関わっていく過程で、意外なことに自分の中に建築や商売の才能が眠っていたことに気づく。そこで彼はもし自分がアメリカに留まっていたならば、どんな人間になったであろうかという好奇心の虜になり、この考えを幼友達のアリス・ステイヴァトンに話す。彼女はスペンサーの話しを聞き、「アメリカにずっといらしてさえいたら、才能を生かしてなにかすごく新しい建築様式を始めて、それでもって大金持になれたのではないですか」と返答する。この返答に気をよくして、彼は自分の過去の可能性を探ろうという気になり、もう一つの古い屋敷の中を自分の分身を探し求めてうろつきまわる。それというのも「この国（アメリカ）ではお金以外に理由になるものはない」との認識に到達し、このような国に留まっていたならばどのような自分になっていたかという考えが一種の妄想となり、想像力をたくましくした結果、やがて自分の分身らしきものがこの古い家に出没するのを目撃するようになったからである。

この物語はこのあたりからジェイムズお得意の怪奇趣味の様相を呈してくるのであるが、しかし分身はなかなかその姿を直に現すことはない。ある晩、閉めておいたはずの玄関の扉が開いていることに気づき、近寄ってよく見ると、そこに問題の人物が手で顔を覆い隠して立っていた。闇にまぎれて見逃してほしいといった様子で、隠れるようにしていたのである。「安物の夜会服、首からつるした眼鏡、光っている絹の襟の折返し、白いリネンのシャツ、真珠のボタン、金の時計鎖、ぴかぴかに光った靴」といったいでたちは、明らかに見事なもので、「これほど完璧な芸術性をそなえて額縁から抜け出てきた人間もいない」と思えるほどであった。しかしなぜこの分身は堂々と自分を誇示するようにに現れなかったのか、そのことがスペンサーには不思議に思えたので、じっくりとこの人物の様子を観察してみると、顔を覆っている手の指が二本欠けている。やがてその手の下から、何とも醜悪な、悪人のような、想像もできないほどの恐ろしい顔が、自分とは似ても似つかない顔が迫ってきたのである。そのあまりの衝撃にスペンサーはその場で気絶し、卒倒してしまう。

自分の分身を探すというこの不可思議な物語はジェイムズの一連の幽霊物語の範疇に属するもので、物語の意味する所は、分身の見かけの風体の完璧さとはおよそ不釣り合いな醜悪な顔に象徴されているように思える。手の指が二本欠けているという事実は、身につけている装身具の表面上の華やかさと対照的に、実体は何かを欠如しているという不完全さを暗示していると考えることもできよう。そのような分身が顔を隠して登場するということは、見られたくないものがその顔に映し出されているからであって、分身自身にスペンサー本人には見られたくないうしろめたさがあることを示している。

表層の華やかさと実体の醜悪さ、このように考えれば、スペンサーの分身が二十世紀初頭のアメリカ商業主義が生み出した人物像、つまり繁栄という時代の波に乗り、一攫千金の富を獲得したにわか成金を象徴していることは明らかであろう。しかもジェイムズがこのような人物を「少年時代に見た大写しの奇怪な幻灯写真の顔、悪人らしい、いやらしい、厚顔で下品な」と表現していることからして、かなり批判的に扱っていることは間違いない。アメリカに留まっていたならば、おそらくジェイムズ自身がそうなっていたかもしれないもう一人の自分という形式を借りて、ジェイムズはアメリカにはびこる商業主義に汚染された、浅薄な時代風潮、そしてその醜悪さに嫌悪の念を繰り返し表明しているのである。

『にぎやかな街角』は、評論『アメリカの風景』において酷評した拝金主義に染まった世紀末のアメリカ社会の問題を小説という形式を借りて寓意的に表現した作品であると考えると、不可解に思える幽霊物語も合点がゆく。

一九一五年、ジェイムズは祖国アメリカを捨て、一八七六年以来居を構えてきたイギリスに帰化することを決断する。芸術の形式美を求めるジェイムズにとって、アメリカ民主主義の根本問題は「意識」と「形式」の分断であり、美の質を問うことのないアメリカ商業主義の感覚であるという認識に到達したがゆえのやむにやまれぬ選択であった。

引用文献

Bloom, Harold. *Henry James's The Portrait of a Lady*. New York: Chelsea House Publishers, 1987.

Channing, W. E. quoted in *The American Literary Revolution: 1783-1837*, ed. R. E. Spiller.

Emerson, Ralf Waldo, *Nature, Addresses and Lectures*. New York: AMS Press, 1979.

Hofstadter, Richard. *The American Political Tradition*. New York: Alfred A. Knopf. 1985.

James, Henry. *Hawthorne*. New York: Cornell University Press, 1966.

——— *The Art of the Novel*. New York: Charles Scribner's Sons, 1962.

——— *The American Scene*. Bloomington, Indiana: Indiana University Press, 1969.

——— *The Portrait of a Lady*. New York: W. W. Norton & Company, Inc., 1975.

James, William. *Essays in Radical Empiricism and A Pluralistic Universe*, ed. Ralph Barton Penny. Gloucester, Mass.: Peter Smith, 1976.

Lawrence, D. H. *Studies in Classic American Literature*. New York: Penguin Books, 1977.

Matthiessen, F. C. *Henry James: Major Phase*. New York: Oxford University Press, 1963.

Nye, David. E. *American Technological Sublime*. Cambridge, Mass.: The MIT Press, 1994.

Pound, Ezra. *Literary Essays of Ezra Pound*, ed. T. S. Eliot. London: Farber and Farber, 1960.

Rowe, John Carlos, *Henry Adams and Henry James*. New York: Cornell University Press, 1976.

斎藤眞他編『ヘンリー・ジェイムズ　アメリカ印象記』青木次生訳　研究社、一九七六年

渡辺利雄他訳『世界の名著 33 フランクリン、ジェファーソン、トクヴィル他』中央公論社、一九七〇年

ハーツ、ルイス『アメリカ自由主義の伝統』　有賀貞訳　講談社学術文庫、一九九四年

第六章　テクノロジー、デモクラシー、そして二人のヘンリー

1．機械文明の揺籃の地

アメリカにおける機械文明の開化は、その萌芽を十八世紀末のニューイングランドに見出すことができる。綿繰り機の発明で有名なかのイーライ・ホイットニーは、一七九八年に時の大統領ジョン・アダムズの連邦政府から一万挺のマスケット銃の製造注文を十三万六千ドルで受注した。納期が二十八ヵ月に限定されていたために、納期内で一万挺を仕上げることは当時の技術ではほぼ不可能であった。ホイットニーは新しい生産方法を考案しなければならなかった。その結果として、コネティカット州ニューヘイヴンのミル川ほとりに水力を利用した流れ作業による銃の組み立て工場を建設することになったのである。（ちなみにこの工場の跡地の一部はイェール大学のすぐ近くにあり、現在はイーライ・ホイットニー博物館として一般公開されている。）ホイットニーは、イェール大学の卒業生であり友人でもある、時の連邦政府財務長官オリヴァー・ウォルコットに一八九八年五月十三日付で「この仕事に使

われた水力による機械は労働を大幅に軽減し、この品物を製造するのに大いに役立つだろう」と書き送っている。

交換可能な部品を持ち寄って製品を組み立てるこの方式は、それ以前の工場の生産様式を根底から変えてしまうほど斬新で革新的であった。この方式が二十世紀初頭のフォード自動車の生産ラインに受け継がれて現在に至っている事実を見れば、ホイットニーの方式がいかに現代の機械文明の根幹を成してきたかは明らかであろう。誇張して言うなら、アメリカの産業革命、そしてその後の機械文明の隆盛は、そのほとんどをホイットニー方式に負っているのである。

しかしホイットニーの部品交換方式は工業生産能力を飛躍的に向上させる画期的なシステムである反面、恐るべきもう一つの姿をその背後に潜ませている。このシステムはきわめて合理的である一方で、人間を部品化し、人間本来の個性を奪ってしまうという皮肉な面を併せ持つことなど、当初は誰一人として思いもしなかった。この方式は機械の部品と同じように、やがて人間をも交換可能な部品として扱うようになる。ここで必要とされるものは、個性でもなく、独創性でもなく、感受性でもなく、洞察力でもない。交換可能な部品と同じ、厳格な規格と均質性のみが求められるのである。当然のことながら、人間は均質化し、個性を奪われ、思考を停止し、無機質な機械の一部に組み込まれていく。機械を使っていた人間が逆に機械に使われるという、主従の逆転が機械文明の象徴的な現象としてやがて表面化してくる。個性を持つこと、感受性豊かに独創性を発揮することは生産性向上の障害になりさえすれ、貢献することにはつながらないのである。

「労働の軽減」と「機械への隷属」という相反する二つの面を持つこの諸刃の剣は、十九世紀後半から二十世紀初頭にかけて猛威をふるい、徐々に、しかし確実にその毒牙を見せはじめる。つまりチャップリンが『モダンタイムズ』で演じたあの恐るべき状況に向かって発明者の手を離れて独り歩きをはじめてしまう。マーク・トウェインが『アーサー王宮廷のコネティカット・ヤンキー』を著した時、おそらくトウェインの脳裏には、アメリカ産業の揺籃の地としてのコネティカットというイメージがあったに違いない。コネティカットを中心として発展したアメリカ機械文明は、それを根幹で支える近代的な方式自体に二律背反する要因、「人間の幸福への奉仕」と「人間の疎外」という矛盾を内在させてスタートしたのである。

機械文明はアメリカ西部開拓にともない、十九世紀後半からすさまじい勢いでアメリカ中を覆い尽くすことになるのであるが、では機械文明と産業資本が圧倒的な力を誇示した、まさにその時代を生きたヘンリー・ジェイズとヘンリー・アダムズは、このようなアメリカの風景をどのように捉えていたのであろうか。

2. 民主主義、拝金主義、そしてテクノロジー

ヘンリー・ジェイムズは風俗、習慣を含めた広い意味でのアメリカの風景には人一倍関心が深かった。それというのも作家の想像力と社会の風俗、習慣、そしてその総体である文化は不可分の関係に

あり、風景が織りなす陰影の濃淡によって作家の想像力は刺激されると考えていたからである。評論『ホーソーン』の中でアメリカの風景に言及した例の「ないないづくし」はあまりにも有名である。「君主もいない、宮廷もない、個人の忠誠もない、貴族制度もない、教会もない、聖職者もいない、軍隊もない、外交儀式もない、郷士階級もない、宮殿もない、お城もない、……したがってエプソンやアスコット競馬場もないのである」とジェイムズが語るとき、これが文字通り十九世紀前半のアメリカ社会に欠落していたものを指摘した一節として読むことはもちろん可能である。しかし、賢明な読者なら、これを比喩として読むとき、その背後に大きな意味の広がりが存在することに気づくであろう。

すなわち封建制度を経験せずに成立した社会の特徴を象徴的に語ったものと考えるなら、これは明らかにフランスの政治家トクヴィルが「多数派の圧政の影響は政治の領域を超えて習俗にまで及び、それによって偉大な人格の発展が阻止される。つまり民主的共和制においては多数の人が追従の精神構造を持つようになり、多数による自由の専制が生じる」と指摘し、D・H・ロレンスが「これぞ自由民の国。そうかねえ。もし私が気にさわることを口にしたら、自由民たちが暴徒と化して、私にリンチを加えるだろう。……個人が自分の仲間である同胞をこんなにおどおど怖がっている国に来たのははじめてだ」と揶揄したアメリカ的特質を示唆しているのである。

ではそのアメリカ的特質とはいったい何であったのか。結論から先に述べれば、それはアメリカに特有の「過去との断絶」、過去の文化遺産を否定することから生じる「形式と意識の分断」だったのである。『ある婦人の肖像』の序文において、ジェイムズは形式と意識に関して示唆に富む見解を披瀝している。

要するに小説には一つの窓があるのではなく百万の窓がある。――いや、窓になりうる部分が数えきれないほど存在するといった方が良いであろう。人間の営みの場が「主題の選択」であり、開けられた開口部――広いものであれ、バルコニーのついたものであれ、細長く突き出たものであれ――が「文学の形式」である。しかし窓にはそこに観察者の存在がなければ無に等しい。すなわち芸術家の意識がなければ無に等しいのである。

この比喩を前述の「ないないづくし」に照らして考えると、「君主、宮廷、僧院、……アスコット競馬場」などの諸文物は表出した形式であり、それを背後で支えているものが時代の意識であり、時代の精神であるということになる。形式と意識は当然不可分のものであり、いずれが欠けても芸術は実を結ばない。したがってジェイムズがアメリカの風景に欠けているものを嘆くとき、かれの嘆きは二重に悲しみを帯びる。はたして形式が存在しないから意識がないのか、意識がないから形式が存在しないのか、この問題はジェイムズの脳裏から離れることのない、アメリカに関する大きな問題であった。

ジェイムズは一八八三年以降およそ二十年間、母国アメリカの土を踏んでいなかったが、一九〇四年にアメリカを訪れ、「形式」と「意識」が分断された有様をアメリカの風景のいたるところに発見し、その時の印象を『アメリカの風景』（*The American Scene*）として一九〇七年に出版している。この作品が単なる旅行記の枠を超え、前述のトクヴィルの『アメリカのデモクラシー』やD・H・ロレンスの『アメリカ古典文学研究』に匹敵する、すぐれたアメリカ文化論となっていることは一読すれば明らかになるであろう。それというのもジェイムズの意図が旅行記にありがちな印象の羅列ではなく、表象の背後にある意味の解明にあったからである。

「小説の技法」の中で語っているように、小説家にとって必要な才能は「目に触れるものから見えざるものを推測し、物語の意味を見抜き、形によって全体を判断する能力」、「一班をもって全豹を推す能力」であるとの小説理念を持っていたことはよく知られているが、二十年ぶりに訪問したアメリカの風景を目の当たりにして、遺憾なくその信念を披瀝し、母国アメリカを容赦なく裁断している。たとえば、ジェイムズはニューイングランドの山村において、それこそ一気呵成に表象の背後にある意味を求めて突き進む。

アメリカの村落に見られる醜悪さを説明するためには、わたしは便宜的に封建制度の長所を認めるかのような考え方に頼らざるをえなかった。この醜悪さは、さまざまな形式が跡かたもなく廃止されてしまった結果である——もっとも、形式というものが過去、現在、未来を問わずアメリカに存在した、あるいは存在しうる証拠はほとんどないのだから、それはアメリカでは廃止される名誉さえ与えられることがなかったのである。（第一章「ニューイングランド――秋の印象」）

形式を持たないのは絶えずそこに「過去を放棄」し、「成長の意志」があるからだとジェイムズは結論を下す。何を犠牲にしようともとにかく成長しようとする意志、変化することにこそ意味があるのだという意識をいたる所で観察する。では何が過去を放棄させ、何が成長への意志の背後に存在するのか、ジェイムズは一挙に問題の核心に迫る。

途方もなく前例のない音響を発している偉大な存在は、恐るべき民主主義の姿であって、その姿は、その後さまざまな機会に、その変化するかどばった影を観察者の視野いっぱいに投げかけるのだ。過去を一掃してしまったのは民主主義の巨大な箒であって、虚空の中で振り回されているように思えるのもまたその箒である。（第一章「ニューイングランド――秋の印象」）

このような民主主義社会の特徴を、ジェイムズはハーヴァード大学の学生たちの中に発見する。「青年の特徴から推測される親と育ちの多様性の欠如」にジェイムズは驚嘆の色を隠さない。そしてイギリスでもドイツでも、若い大学生の親としてあらかじめ想像できるものには「五十種類以上のもの人物、五十種類以上もの職業」があったとして、アメリカ社会の平板さ、単調さを指摘する。民主主義社会における「多様性の欠如」という指摘は、ここで精神構造まで含めた広義の意味につかわれていると考えると、これが前述したトクヴィルの「自由の圧政による追従の精神」という指摘に呼応することは明らかであろう。

ジェイムズの想像力は、アメリカの風景に内在する致命的な欠陥が「過去の放棄」をいとも簡単にやってのける民主主義であることを突き止めたのである。この民主主義が商業主義と結びついた結果、「わたしたちの広大で未熟な商業主義的民主主義にあっては、常態とは、新しいもの、安価なもの、平凡なもの、商業的なもの、あまりにもしばしば醜悪なもの」が支配する社会を生み出すことになる。

当然のことながらジェイムズは、このような民主主義社会に商業主義と機械文明が持ち込まれた場合に引き起こされる醜悪さをもっとも嫌悪する。当時のテクノロジーの最新の成果であるニューヨークの摩天楼にアメリカの機械文明の将来を象徴的に見て取るのである。摩天楼が「利益に奉仕させられる科学」の生み出した成果であり、そのような成果は「商業的に利用される以外に何一つ神聖な用途を持つことはない」、したがってニューヨークの高層建築は「永遠の存在としての権威」を持つことは不可能であり、物語でいえば次の面白い物語が始まるまでのはかない命しか持たない。「摩天楼が建築技術における最高の言葉といえるのは、次の言葉が書かれるまでの束の間にすぎない。その言葉ですらおそらくいっそう醜悪な言葉であろう」（第二章）と比喩をまじえて酷評する。

結局、ジェイムズにとって当時のテクノロジーのもっとも顕著な成果である摩天楼も、商業主義に侵された民主主義の行き着いた象徴的な姿としか映らなかった。しかもそのことはジェイムズにとっていっそう深い意味を持っていたといえよう。なぜならアメリカは二十世紀初頭にいたってアメリカにふさわしい新しい形式を創造するどころか、逆にその意識さえも失ってしまったとジェイムズには思えたからである。

合衆国では付随する形式があらゆる面できわめて乏しいので、それらの形式に包含されていた感情もまた消滅してしまったとさえ考えられるだろう。なぜなら、極端に無視した実例のあるものを捉えて、そこには要するに新しい形式があるのだなどと考えるのは、わたしの考えではあまりにも持って回った解釈だからである。形式の無視がせいぜい感覚の減退しかあらわしていないような場合がある。（第三章「ニューヨークとハドソン川」）

形式がないこと、それこそがアメリカの形式であるとジェイムズにはなぜ思えなかったのか、その点が不思議といえば不思議であるが、ジェイムズにはアメリカの現状は「形式の無視」、もしくは「感覚の減退」の結果としか考えられなかったのである。過去の文化遺産を捨て去った地点から出発したアメリカ精神は結果として「形式」と「意識」を分断することになったわけであるが、それがアメリカ精神が宿命として背負う十字架になるとジェイムズには思えたのである。ジェイムズの国際小説に登場する多くのアメリカ人に共通する悲劇の原因がこの形式と意識の断絶の延長線上にあることは、『ある婦人の肖像』のヒロインであるイザベル・アーチャーの例が如実に示している。おそらくジェイムズにとって、アメリカの意識は状況に応じてすばやくその姿を変えながら水中を浮遊するアメーバのような得体のしれないものに映ったに違いない。

3. ヘンリー・アダムズと政治

では、意識を表現する形式を創造することができなかったアメリカ、その結果、当時の最新のテクノロジーの成果である摩天楼さえ「醜悪な次の言葉」が書かれるまでのはかない命しか持たない、とジェイムズをして言わせしめたアメリカが抱えていた問題を、ヘンリー・アダムズはどのように捉えていたのであろうか。アーネスト・サムエルズの伝記『ヘンリー・アダムズ』は、アダムズの生涯はジェイムズが感覚的に漠然と把握していた時代の変化の真っただ中を文字どおり身をもって生きた生涯であったことを語っている。特にジェイムズとアダムズの決定的な違いは、アダムズがきわめて政治的な人間であったということであろう。むろんここでいう政治的とは利権を求めて走り回る権謀術数に長けた政治家という現代的な意味ではない。

アダムズは政治をアダムズ家の伝統として幼いころから認識し、自ら進んでホワイト・ハウスの真向かいに新居を構えて政治にかかわっている。そのかかわり方は並みの政治家の比ではない。したがってアダムズを理解する上で、この政治性を抜きにして語ることは片手落ちのそしりを免れないであろう。R・スピラーは「アダムズ自身の文学への生来の気質と行動することへの家族の方針との折り合いをつけることができず」に、結局、晩年にいたってやっと芸術への禁忌を克服して、「一貫性のある審美上の形式への探求に取り組んだ」としている。文学史においてしばしばアダムズが生来の文学的才能をアダムズ家の政治的な要請のために犠牲にしたという観点から扱われることがあるが、スピラーの見解がいかにその後のアダムズの評価に影響力を及ぼしたかということであろう。

しかしこれはどう考えても文学研究者にありがちな、審美的側面のみを拡大して芸術家像を作り上げる性向が生み出した結果としか言いようがない。というのも、アダムズが「文学への生来の気質」をそれほど意識していたとは思えないからである。したがって自ら進んで文学を目指すことなどおよそありえないことであった。かれの小説『デモクラシー』を繙けば、目の肥えた読者ならこの作品が駄作であることに直ちに気づくであろう。政治を揶揄するための諷刺小説として割り切って読むならば、それほど目くじらを立てる必要はない。しかし芸術作品として扱うとなると、随所に顔を出しているほころびを見過ごすことはできなくなる。人物の描写は平板で、時おり全体との有機的な関連もなしになされている点、その結果、作品全体が膨らみを欠いている点など、どうひいき目に見てもアダムズに小説家としてのすぐれた才能があったとは思えない。モダニズムの洗礼を受けた読者にとっては、とくに目新しい技法も見当たらない、単調な作品としか映らないであろう。

この作品は匿名で発表されたため、アダムズの生存中、これが彼の作品であることは一部の関係者にしか知られていなかったことは、ある意味でアダムズにとって幸運であったともいえる。アダムズが小説家としての資質にどれほどの自信を持っていたか定かではないが、誰よりも彼自身が作品の出来栄えを当然知っていたと思えるからである。

ヘンリーの長兄チャールズ・アダムズは、弟のヘンリーが法律を選択することが将来の基盤を作るために役立つと考えたことに対して、法律で生計を立てるよりはむしろ文筆で身を立てることを勧めていた。しかしヘンリーは「人の気に入る作品を雑誌に書く作家、文化講演会や大学での講演者、形而上の空論で遊ぶ人たち」への軽蔑を隠さず、自分はそれほどの機智を持ち合わせてはいない、とにべもなく拒否している。また一八七〇年に、ヘンリーはハーヴァード大学の学長エリオットから新設の歴史学講師のポストを提供されるが、「自分は歴史について何も知らない、ましてや教えることなど論外である」として、その申し出を丁寧に一度は断っている。学長の要請をできるだけ丁重に断る必要があったためにこの言葉に若干の謙遜がこめられている点を考慮しなければならないとしても、ヘンリーの関心が文学の世界でもなく、学問の世界でもなかったことは明らかであろう。彼の心を捉えて離さなかったものは、アダムズ家の伝統である現実の政治の世界であったことは間違いない。

4.『ヘンリー・アダムズの教育』の意味するもの

自伝『ヘンリー・アダムズの教育』の次の一節は、アダムズがその生涯のごく早い時期から政治を強く意識していたことを示している。

ホワイト・ハウスに関しては家族の全員がそこに住んだことがあった。アンドルー・ジャクソン政権の八年間を除いて、多かれ少なかれ、それが建設されてからずっとそこは自分の家のようなものであった。少年（ヘンリー）は自分がそれを所有し、いつの日かそこに住むようになることを当然だと何となく思った。彼は大統領の前で何の感動も感じなかった。なぜなら大統領はそれ相当の家なら当然のことであったからだ。彼の家には二人いたのだから。（第三章）

アダムズが十二歳の時のこの感覚は、特別な星の下に生まれた人物という点を勘案するにしても、驚くべきとしか言いようがない。何気なく語る口調の背後には、第二代大統領ジョン・アダムズを曾祖父に、第六代大統領ジョン・クィンシー・アダムズを祖父に持ち、父はイギリス大使を務めた家系であるという自負が潜んでいることは明らかであろう。アダムズは父チャールズ・フランシス・アダムズもまた当然大統領になるものだと信じていたらしい。したがって父親が一八六一年にイギリス大使としてロンドンに赴任する際、ためらうことなく法律の勉強を断念し私設秘書として随行している。実際、アダムズが文筆よりは現実の政治に魅力を感じていたことを示すエピソードを挙げようとすれば枚挙にいとまがなくなるであろう。アダムズの著作は、とくに初期のものは父親の政治的な立場を援護するための政策提言、政治改革の提言、政敵を論破するための論文等が多く、きわめて実利的な目的のために書かれている。アダムズにとって書くことは現実の目的を実現する手段であって、審美上の問題ではなかったのである。

では、自分と同じ年に生まれた者で「自分より恵まれたカードを持って生まれた子はおそらくいないであろう」と記し、アダムズ家の栄光の恩恵を生かして政治の世界に天職を見出し、権力を求めて積極的に行動したアダムズが、なぜ自分の受けた教育は失敗であったとして、それほど現実的な目的を持つと思われない『ヘンリー・アダムズの教育』を書かざるをえなかったのであろうか。アダムズ自身が認めているように、少なくとも出発点においては前途洋々、順風満帆の船出であった経歴が、突如として歯車がかみ合わなくなったように狂いだした、とアダムズ自身が考えているのはなぜなのだろうか。

アダムズは『ヘンリー・アダムズの教育』を著したその理由について、「死後の自分を守る防御の盾として、伝記作家に好きなようにさせないために、あなた自身も同じようにしたらいい」とヘンリー・ジェイムズに書き送っている。アダムズが人一倍自尊心の強い人間であったことを考慮すると、なるほどジェイムズへの冗談とも思えるこの忠告には一理ある。私的な生活まで一般大衆の目にさらしたくないという意識、心の中まで土足で入りこまれるのはご免こうむるという気持ちが働いていたのは当然のことであろう。事実、妻クローバーの自殺について一言も触れていないのは、意図的に避けたのであろうが、不可解としか言いようがない。時系列に沿って語ってきた自伝の中で、第二十章「失敗（Failure,1871）」から第二十一章「二十年後（Twenty Years After,1892）」の間に二十年間の空白が存在する。妻の自殺の衝撃が大きかったため、そのことに触れたくないとの想いがあったからであると容易に想像はできるのであるが、この二十年間は謎の空白期間として残るのである。

作者アダムズの心の動きは推測するしかないが、このような事実から判断すると、この作品はジェイムズへの手紙にあるように、自己の実像を探られたくないために意図的に張った煙幕であると考えられなくもない。もちろん「自伝」と銘打った多くの作品において、作者の自己正当化、自己美化、さらには意識、無意識の事実の歪曲が起こりうるのであるから、たとえアダムズがどのように事実を隠蔽しようとも非難するに当たらない。しかし「一人称のわたし」を消して、「三人称のアダムズ」を登場させることによって、「人よりはるかに恵まれた星の下に生まれた」一人の人間の失敗であった人生の軌跡を客観的に描き出そうとした意図は認めるにしても、やはりこの作品には単なる自伝として片づけることができない何かがあったと想像せざるを得ない。

『ヘンリー・アダムズの教育』の序文は、ジャン・ジャック・ルソーの『告白』からの次の引用で始まっている。

わたしはあるがままの自分を見せてきました。軽蔑すべきいやしい人間であったときも、寛大で高貴な心を持っていたときも。永久なる父よ、わたしはあなたが見るがままの自分の心の内を明かしてきました。わたしの周囲にいる無数の同胞を集めて、かれらにわたしの告白を聞かせてください。わたしのつまらなさに対して苦情を言わせてください。わたしの破廉恥さに赤面させて下さい。そして今度は、かれらの一人一人にあなたの足元にひざまずかせて同じように真摯な態度でかれらの心の内を探らせて下さい。そしてそれから一人一人に、もしそうする気があるなら、あなたに告白させて下さい。「わたしの方がましな人間だ」と。

アダムズはなぜ序文をルソーからの引用で始めたのだろうか。ルソーの告白は自己の醜い面を隠すことなく、むしろ積極的に赤裸々に人前にさらすことよって真摯に自己に対峙しようとしている。同時に自分がつまらない卑劣な人間であると告白することが、そうでないと信じている他者への暗默の叱咤となっているのである。心の深奥を一度として覗いたことない人間をして、傲岸不遜にも「自分の方がましな人間」と言わせせしめるその自我のあり方に対する強烈な揶揄がここに込められているのは明らかであろう。この意味において、ルソーは反面教師としての役割を果たしているのである。

序文から判断するかぎりでは、アダムズはルソーにならって自分の受けた教育が失敗であったことを示そうとしたということである。とするならアダムズの反面教師としての役割のその矛先はどこに向けられていたのであろうか。ソクラテスが「無知の知」を説いたとき、果たしてソクラテスは本当に自分自身が無知であると信じていたのであろうか。ルソーが自分は価値のない、破廉恥な人間であると告白したとき、果たして本当に自分が無意味な人間であると考えていたのであろうか。同様にアダムズが『ヘンリー・アダムズの教育』を著したとき、果たして本当に自分の受けた教育は失敗であったと信じていたのであろうか。

アダムズを読むときにもう一つ釈然としないのは、実は文章の背後に潜む強烈な自己主張を感じてしまうからなのである。つまり自分を貶めることによって逆に自分を高みに置こうとする心理、俗世間の大きなうねりから一歩距離を置いているかのように見せることで逆に自分の存在を主張しようとする自負心、自分を否定することによって実は肯定しているという屈折した自虐的な喜びを見て取れるのである。したがって、アダムズは自分の受けた教育は表向きは失敗であったとしているが、実は本音は別の所にあったと推測できる。

一八九一年一月二日、「わたしたちの失敗は必ずしもわたしたちのせいではない。社会が大きくかかわっている。責められるべきではない」と信頼する友人のエリザベス・カメロンに書き送っている。これを敷衍すれば、アダムズの受けた教育を失敗としてしまう社会そのものに責任があるということでもある。アダムズの反面教師としての役割は、大きくうねり、変化してゆく時代そのもの、そしてそれを動かしている民主主義社会アメリカを糾弾することに向けられていたのである。

5. 比喩としての発電機――歴史の断絶と民主主義

では、アダムズのよって立つ基盤はどこにあったのであろうか。第二十四章「無知の深淵」において、「十年にわたる研究の結果、アダムズは、かれの時代にいたるまでの動きを測定する単位として、アミアン大聖堂やトマス・アクィナスの著作に見られる十二、十三世紀を使えるのではないかと考えるようになった」と記している。その結果『モン・サン・ミシェルとシャトル――十三世紀の研究』と『ヘンリー・アダムズの教育――二十世紀の多様性の研究』を著すことになった。アダムズは統一と調和の象徴として十三世紀を一方の視座に据え、そこから多様性と混沌の象徴としての二十世紀を解明しようとしたのである。

自伝『ヘンリー・アダムズの教育』の第二十五章「発電機と聖母」は、二十世紀に対するアダムズ自身の考え方を知る上で重要な意味を持つ章である。というのも、アダムズが「多様性と混沌」の象徴としての二十世紀にどのように向き合おうとしていたのか、それを理解する手がかりを与えてくれるからである。

アダムズは、一九〇〇年にパリで開催された大博覧会会場に「知識を吸収したくなって、足しげく通った」。そこで最新の機械、発電機と衝撃的な出会いをする。この機械は、目まぐるしく回転しているにもかかわらず、かすかにつぶやく程度の音しか出さず、しかも近くで眠っている赤ん坊を起こすことがなかった。アダムズにとって、発電機は「無限の象徴」に思え、彼は「昔のキリスト教徒が十字架に感じたように、この四十フィートの発電機に対して道徳的な力を感じはじめた」と記しているのである。十三世紀には聖母マリアがすべての力の根源であり、統一と調和の象徴であったが、二十世紀にあっては発電機がその役割を果たすようになると思えたのである。そして「人がこの無言の、かつ無限の力の現れである発電機に対して祈りはじめる」のを目撃する。アダムズは発電機のまったく新しい、過去のいかなる機械をもしのぐその力にただ唖然とするしかなかった。発電機の放つ光線は、「十字架の力と同じ神秘的な力の顕現であり、中世の科学から見れば、いわゆる聖なる実体の直截の様式」であった。世紀の転換期に登場したこのまったく新しい力の中に、アダムズが二十世紀の「多様性と混沌」という問題の解決策を期待したとしても何ら不思議ではない。

しかしアダムズは、この発電機と機関車の間に連続性が全く見られないために、それが「計り知れないほどの断絶」を生み出していることを察知する。そこで筆鋒を即座にアメリカの現状に向ける。「聖母マリアはフランスのルルドの街においては今でも厳然とした影響力を持っている、ところがアメリカではヴィーナスも聖母も力としての価値を持ったことはなく、せいぜい感傷にすぎない」。

歴史を見れば明らかなように「聖母は人類の高貴な芸術の五分の四を生み出してきた最高のエネルギーであり、蒸気機関や発電機がうらやむほどの魅力を保持していた」のである。ところが新大陸アメリカにおいてはこの聖母のエネルギーは「アメリカ人には未知のもの」であり、したがって「アメリカの聖母なるものが君臨することはないし、アメリカのヴィーナスなるものがおそらく存在することはないであろう」と予言する。なぜなら蒸気機関車の力を認めたアメリカ人が、「鉄道に具現されたその力を芸術に具現することなど決してない」からで、世界中の蒸気を集めても「聖母マリアと同じようにシャトーを建設することはできない」と確信を持って語る。

聖母の持つエネルギーがアメリカ人には未知のものであるという指摘は、アメリカという国の成立の特殊性、そしてそこで培われたアメリカ精神そのものへの痛烈な批判になっていることは疑う余地はない。ヘンリー・ジェイムズがアメリカの風景に欠けている文物を列挙した、前述の「ないないづくし」の示唆するものとみごとに一致することは明らかであろう。

しかし前述したように、アダムズの本音はもう一つ別なところにあることを見落としてはならないであろう。アダムズは二十世紀のこの機械文明の背後にあるものが何であるかは察知していたのであり、かれが政治家を目指して活動した人生はその機械文明の背後にあるものとの闘いでもあったのである。一八七〇年に論文「ニューヨークの金の陰謀」を発表した時点から、アダムズの標的は鉄道王ジェイ・グールド、そしてニューヨークの相場師ジェイムズ・フィスクに向けられていたのである。かれらはボストンに代表される従来の支配階級に対して挑んできた、ニューヨークを中心とする新興勢力であった。従来の銀本位制から金本位制への移行をめぐる新旧二つの勢力の権力闘争でもあったのである。

さらに現実の政治の中心はアパラチア山脈以西の中西部に移りつつあった。中西部出身の大統領がニューヨークやシカゴを中心とする政党の集票マシーンや産業資本家と結託して大衆を操作するという、赤裸々な利益誘導の政治が行われていたのである。アダムズの『デモクラシー』のヒロインであるマデレーン・リーはアメリカ民主主義の現実を目の当たりにして、悪夢のような感覚に襲われ、民主主義が支配するアメリカ社会の終焉を確信する。彼女は大統領への野望を抱く中西部出身の政治家ラトクリフの求婚を拒否し、最後に「民主主義はわたしの神経をずたずたにした」と言い残して、エジプトへの旅に出る。マデレーンのエジプトへの逃避は、混沌として流動する現実世界から静謐なアカデミズムの過去の世界に統一と調和を求めたアダムズ自身を思わせる。

6. 二人のヘンリー

十九世紀後半のアメリカの知性を代表する二人のヘンリーは、アメリカ社会の大きな潮流から外れた、いわば傍観者であった。ヘンリー・ジェイムズは自らすすんでそのような位置に身を置いたといことができよう。なぜなら芸術の形式美を求めるジェイムズにとって、アメリカの民主主義の根本的な問題は「形式の欠如」であることを発見したからである。ニューヨークの摩天楼に象徴されるテクノロジーは、ジェイムズにとって形式の欠如そのものに思えたのである。一九一五年、ジェイムズは一八七六年以来居を構えていたイギリスに帰化することを決定する。ジェイムズの選択は、この意味で積極的な意味を持つ行為であった。

一方、ヘンリー・アダムズは自らの意志に反して傍観者にならざるをえなかったといえよう。なぜならアダムズは、多様性と混沌の中に「統一と調和」を求めようとしたが不可能であることに気づいたからである。もはやボストンの知性が活躍する場はアメリカ民主主義の場には残されていなかった。政治の世界は欲望と姦計がうごめく修羅場と化していたのであり、そこを支配するのは金権主義そのものだったのである。

二十世紀の最新テクノロジーの成果である「発電機」は、アダムズにとってアメリカ民主主義を支配する力の象徴に思えたのであるが、それは建国の父祖に名を連ねる曾祖父ジョン・アダムズの衣鉢を継ぐ十九世紀の知性にとってとうてい理解できるものではなかった。二人のヘンリーの傍らを、十九世紀アメリカの現実は一顧だにせず疾風のように駆けぬけていった。

リチャード・ホフスタッターは『アメリカの政治的伝統』の中で、アメリカ建国の父たちが合衆国憲法を制定する際にもっとも腐心した点は、大衆の力をいかにして抑えるかということであったと指摘している。民主主義を標榜するアメリカにおいて、合衆国憲法草案がその出発点において民衆の力を極力制限する方向で練られていたという皮肉をどう理解したらよいのであろうか。また同時にアメリカ産業革命の発端ともなる一万挺のマスケット銃の製造をイーライ・ホイットニーに発注したのが、実はヘンリー・アダムズの曾祖父ジョン・アダムズを大統領に戴く連邦政府であったという事実は、何という皮肉であることか。

憲法制定からおよそ百年が経過した十九世紀末、建国の父たちが恐れていたことがまさに現実となりつつあった。恐るべきは機械文明であり、そしてそれを動かす民主主義であった。二人のヘンリーは、商業主義と機械文明に支配されつつある民主主義社会アメリカの新しい力のうねりをただ呆然と眺めるしかなかった。

引用文献

Adams, Henry. *Democracy: An American Novel.* New York: Harmony Books, 1981.

——— *The Education of Henry Adams.* Boston: Houghton Mifflin Company, 1973.

Hofstadter, Richard. *The American Political Tradition.* New York: Alfred A. Knopf, 1985.

James, Henry. *The American Scene.* Bloomington, Indiana: Indiana University Press, 1969.
———. *The Art of the Novel.* New York: Charles Scribner's Sons, 1962.
———. *Hawthorne.* New York: Cornell University Press, 1966.
———. *The Novels and Tales of Henry James Volume 17.* New York: Charles Scribner's Sons, 1937.
McL. Green, Constance. *Eli Whitney & The Birth of American Technology.* Library of American Biography Series, 1956.
Perrin, Noel. "Introduction to the Harmony Edition", *Democracy: An American Novel.* New York: Harmony Books, 1981.
Samuels, Ernest. *Henry Adams.* Cambridge/Mass: The Belknap Press of Harvard University Press, 1989.
斎藤眞他編『ヘンリー・ジェイムズ　アメリカ印象記』青木次生訳　研究社、一九七六年
チャールズ・ビアード『新版アメリカ合衆国史』松本重治他訳　岩波書店、一九七七年
サムエル・モリソン『アメリカの歴史2』西川正美翻訳監修　集英社、一九七六年

初出一覧

第一章　十九世紀アメリカン・デモクラシーと四人の作家
『イン・コンテクスト』「Epistemological Framework と英米文学」研究会、二〇〇三年三月　一部改稿

第二章　偉大なるアナクロニスト――J・F・クーパーの矛盾とその相克
『人文コミュニケーション学科論集　第四号』茨城大学人文学部紀要、二〇〇八年三月　一部改稿

第三章　デモクラシーの預言者――ホイットマンとデモクラシーの現実
『人文コミュニケーション学科論集　第六号』茨城大学人文学部紀要、二〇〇九年三月　一部改稿

第四章　最後のブラーミン――ヘンリー・アダムズと歴史の連続性の崩壊
書き下ろし

第五章　意識と形式の分断――ヘンリー・ジェイムズのアメリカ
『成城イングリッシュモノグラフ　第四二号』成城大学、二〇一〇年二月

第六章　テクノロジー、デモクラシー、そして二人のヘンリー
『アメリカ文学とテクノロジー』筑波大学アメリカ文学会、二〇〇二年六月

あとがき

二十年ほど前に在外研究員としてイェール大学で研究する機会がありました。渡米に際して大学時代の恩師諏訪部仁先生からお手紙をいただき、朝河貫一なる人物はアイヴィー・リーグで初めての日本人教授で、小学校の大先輩でもあるから、もし機会があればその足跡を確かめてほしいとのお話でした。当時、朝河貫一教授についての知識は皆無でしたし、もちろん初めて耳にする名前でした。

ニューヘイヴンでの生活を開始してまもなく、「グローブ・ストリート・セメトリー・ツアー」なるものがあることを知り、興味半分で参加しましたが、これは簡単に言えば、墓場巡りです。何やら日本の夏に開催される納涼の出し物を連想させますが、内容はまったく違っていました。れっきとした歴史探索の行事の一環で、墓石をたどりながらニューヘイヴンの歴史を追体験するというものです。グローブ・ストリート・セメトリーはイェール大学の裏手に隣接した地所にあり、そこには独立宣言の署名者の一人であるロジャー・シャーマン、歴代の学長、そしてノア・ウェブスターなど社会に多大の貢献をした歴史上の偉人たちが大勢埋葬されていました。その中に朝河貫一博士の墓石を発見し、驚きと賛嘆の念を新たにしたものです。

多くの墓石の中でも、とりわけ威容を誇示しているように見える墓石がありました。それがイーライ・ホイットニーの墓石でした。それまでホイットニーに関しては「綿繰り機」の発明者であるという以外に何の知識も持ち合わせていませんでしたが、墓石の大きさから判断すると、わたしの凡庸な頭でも町に対する彼の貢献度は相当なものであったのだろうとの予測はつきました。その後、イェール大学近くのミル川のほとりにホイットニーが設立した「銃器工場」の史跡を見学する機会がありましたが、アメリカ産業革命の立役者の一人であるホイットニーの功績は想像していた以上のものであることをその時初めて知りました。「綿繰り機」の発明が南部プランテーションの労働力を軽減する反面、ホイットニーの思惑に反して奴隷制を拡大させてしまったというアイロニー、またそれと同様に、ホイットニーの「銃器工場」の水力を利用した流れ作業による労働力の軽減が機械文明の推進力となった一方で、やがて十九世紀アメリカ社会の混乱を招く一因にもなっているというアイロニーに興味を覚えました。効率化が必ずしも人間の幸福には直結しないという具体例に接したことが、第一章「アメリカン・デモクラシーと四人の作家」、第六章「テクノロジー、デモクラシー、そして二人のヘンリー」の執筆の動機となりました。

また大学院時代の恩師岩元巌先生が修士論文の作成の過程で何気なく「クーパーは途中で考えが変わるんだよ」と言われたことありましたが、勉強不足のために当時はよく理解できず、その後長い間わたしの脳裏を離れませんでした。第二章「偉大なるアナクロニスト」はそれに対するわたしなりの結論です。

各章はそれぞれ別個に発表されたためにいくぶん内容が重複している場合がありますが、論旨の流れを優先して一部を改稿するだけにとどめました。ご容赦いただければ幸いです。

恩師岩元巌先生、森田孟先生には大学院を離れてからも、集中講義等で長い間お世話になりました。特に昨年米寿を迎えられた岩元巌先生が、いまだに執筆されているという姿に心が震えました。時間がかかりましたが、やっと形あるものにすることができました。これも先生の無言の教えの賜物であると感謝いたしております。

畏友川和田誠氏にも感謝の意を表したいと思います。専門が物理学でありながら、人間理解においては文学者をはるかにしのぐ洞察力を持ち、酒席での何気ない会話から啓発されることが多々ありました。また悠書館の長岡正博さんには何かと便宜を図っていただき感謝申し上げる次第です。

大畠一芳

二〇一八年春

索　引

カ行

サ行

タ行

ナ行

ハ行

ワ行

大畠一芳（おおはた・かずよし）：1949年茨城県生まれ。1971年茨城大学人文学部卒。1983年筑波大学大学院博士課程単位取得退学。国際ロータリー財団奨学生（デイトン大学大学院1975年～76年）。文部科学省在外研究員（イェール大学1998年～99年）。茨城大学人文学部でアメリカ文学を担当。茨城大学名誉教授。現在聖徳大学兼任講師、流通経済大学非常勤講師。主な著書に『アメリカ文学のヒロイン』（共著　リーベル出版1984年）、『アメリカ文学――理論と実践』（共著　リーベル出版1987年）、『アメリカ文学のヒーロー』（共著　成美堂1991年）、『アメリカ文学とテクノロジー』（共著　筑波大学アメリカ文学会2002年）、『新アメリカ研究入門』（共著　成美堂2001年）、『法と生から見るアメリカ文学』（共著　悠書館2017年）など。

デモクラシーという幻想
―19世紀アメリカの民主主義と楽園の現実―

2018年8月22日　初版発行

著　者　大畠　一芳
装　幀　桂川　潤
発行者　長岡　正博
発行所　悠　書　館

〒113-0033　東京都文京区本郷2-35-21-302
TEL03-3812-6504　FAX03-3812-7504
http://www.yushokan.co.jp

組版：フレックスアート
印刷・製本：シナノ印刷

ISBN978-4-86582-033-1

定価はカバーに表示してあります